幻想吧!男神

青罗扇子　天籁纸鸢
李惟七　ENO.　等　编著

世界知识 出版社

目 录

幻图

幻文

幻漫

Easiyu 羽有话说

这幅图，我的构思是吸血鬼魔幻题材，左边那位半身被蔷薇缠住，远景有圆月、枯树、铁围栏、蔷薇，近景有个皇冠和宝剑。两个亦敌亦友的人相爱相杀什么的，真是太让人遐想了！

小编

关于蔷薇花，小编听过这么一个古老的传说：在偌大的天国花园里，每一朵花儿都是上帝用心养成的，每一朵花儿都属于不同的人。小蔷薇就出生在这儿。从她还是小花苞的时候起，照看她的人一直是王子。从他的眼神里，她明白了，她的一生都是属于他的，她只为他一人绽放自己的美。所以，蔷薇花的花语就是——爱人最初的思念与最终的呼唤。

他的名字是她的思念，他的颜色是她的呼唤。

繪 绘 / 撸君 kazekaoru

誘邪

《天神右翼》番外篇

原作 天籁纸鸢

漫画 洛笙

玛门之所以在魔界比除去路西法以外的撒旦还要出名，还要受人爱戴，有以下五个原因——

一、他的外形很魔族。
二、他的性格很魔族。
三、他的力量很魔族。
四、他的出身很魔族。
五、他的眼泪很魔族。

玛门的父亲是路西法，母亲是莉莉丝，这两个魔界开创以来就一直当权的帝王与王后，是所有人公认的魔界极位者。理所当然的，玛门纯正的魔族血统也就没得说了。

然而，路西法曾经是天界血统最纯的大天使长，即便他堕天，也从来不被地道的魔族认为是纯种魔族。光看他的脸，还是有不少人会认定他是天使，他的言行举止也因为受到与生俱来的天界文化熏陶，一如既往地内敛和优雅。

玛门则不同。就算给他穿上雪白的圣衣，加上六支羽翼，染上金发，人们还是会说"魔族果然是魔族"。他出生在罗德欧加，从小就被路西法陛下以杂草形式放养长大。此外，无论是他的五官还是身材，还是从小就趋向变态的无穷力量和零魔力，都属于地地道道的大恶魔。所以他的性格中，完全没有一丝天界的成分。

人们都说"恶魔的面容是注定的邪恶妖媚"，玛门也不例外。不过与其他恶魔不同的是，他的脸邪恶妖媚的同时，又精致如同他的父亲。

总而言之，玛门就是一个从里到外、从上到下、从肉体到灵魂都彻底魔族化的魔族。他把魔界的精神与品质发挥得淋漓尽致。

所以，和他没关系的女人都对他爱慕崇拜，和他有关系的女人都恨他入骨。

天界是一个以慈悲和怜悯为灵魂的地方，不少天使为战后的荒凉、悲哀的生命掉过眼泪。据说，他们的眼泪还可以拯救人们的灵魂。在魔界，无论是什么阶位，男人掉泪，都会被人认为是不够体面、不够男子汉的表现。但即便如此，每个男人在遇到极大的挫折时，多少都会痛哭几次。

玛门令大家尊敬的一个最重要原因，就是他的眼泪。因为没有任何人看过他流泪。
玛门的坚强，似乎与陛下的隐忍，与岁月历练后的坚强不一样。他似乎生来就是个没有心肝的人。

玛门在刚上小学的时候，因为阶位问题，比同龄人矮了一大截，简直就是个三头身。即便如此，还是有很多漂亮的小姑娘围着他转，他左拥右抱，不亦乐乎。那时他勾搭的某个女孩正好是当时班上小霸王的心上人，这个小霸王又刚好不知道他老爸是什么人，于是带了一堆人准备揍玛门。结果小霸王差点被三头身的小玛门折腾到半死。

几天后传来消息说，小霸王病危可能没救了，很快他爹妈听说这个三头身大恶魔很厉害，带了一帮大恶魔来教训小玛门。那些大恶魔一上阵，立刻就露出了手臂上的纹身来吓他。他旁边的小孩看到都哭了，他却一拳打在其中一个人的脸上。小玛门肯定斗不过成年大恶魔，几个回合下来他就被打得折了骨断了翼。

小孩趴地上颤抖着被折断的小骨翼想要爬起来的样子，终于让小霸王的老妈软了心。小霸王的老爸却不放弃，还想继续揍小玛门，却在关键时刻看到了他颧骨上不明显的红玫瑰，吓得差点断了气。

哇！快逃啊！！

恶魔们逃之夭夭之后，所有的小姑娘都心疼到大哭，统统把他围起来。

玛门，没事吧？

我叹了一声，提高肺活量大声说——

都让开！

吓——！！

你真厉害，这都不哭。

摸

啪

这有什么好哭的？你要是女生，就不要跟我老爸说。

我绝对不会说的。

我怎么也想不通的是，他居然还有力气打我的手。

——几天后，

洁妮！要不是老爸说不能打女人，我早就把你打扁了，

你居然真跟我爸说了！要不是人没死，我早被我爸撵出万魔殿了——女人都不可信！

……

有本事你就真的做到再也不信我。

这种套路，我见多了。

啪

你无非就是想吸引我的注意么，放心，等将来你成年了，我保证当你第一个男人。

你不要以为你是女人我就怕了你！放！放！放！放！放……

欸？

魔界的孩童总是格外淘气，他们每天有问不完的问题，用不完的活力。他们最喜欢提的，提得最多的就是关于天堂的问题。

路西法陛下刚带领众天使堕落的时候，几乎整个魔界都陷入了极端的耻辱与自卑中，这种状态一直持续了很久都没有改变。我还记得我刚读书的时候，帝都巫师学院和皇家骑士学院的初级学院都在罗德欧加学院，后来魔界教育制度渐渐完善，才各自分裂出来。也正因为无论将来的巫师还是骑士都在一起上课，所以学生们就自动分裂成两个集体，一半是由堕落天使为主的魔法修习者，一半是以纯种魔族为主的肉搏修习者，且双方互相对立。

第一堂历史课上，很多同学都问到天界究竟是怎样的一个地方。老师的解释是——

一个没有平等自由，由神主宰一切的世界。

我很爱魔界，但很多人类的书都这样记载：天使为人们送来飞出地狱的羽翼，只要是在天堂，黑夜会指引他们走向光辉与未来……

我老爸说，比起在天堂服务，他更热衷的是统治地狱。

可我妈妈说，天堂是一群幸运儿簇拥着上帝的地方。

老师，当骑士有必要来学这些无聊的东西么。

当魔界的骑士，就要了解三界的历史。这样，我们才能在将来，为自己的利益，为魔界的利益而奋斗。

好吧，我昨天才去了克里亚城，现在困。您请继续……

那时候，连老师都让他三分。

玛门醒来后，睡眼蒙眬地凑过来问——

还有多久下课？

十五分钟。（小声）

他明明在讲第一页。

你又骗我。

因为这一课比较重要，所以讲了很久……

咳。玛门，请注意课堂纪律。

哇，这只天使是谁？长得真不错！

无视老师~

他的剑帅呆了！看这翅膀，是炽天使吧。

咳。这是米迦勒。老师

什么？米迦勒？他不是坏蛋吗？老师我打赌你认错人了，下次备课认真点哦。

玛门的反应其实算是比较小的了。刚发课本，打开的一瞬间，大家都异口同声地发出惊叹声。所有学生几乎都是在第四狱以下出生的，看过的双翼天使都没几个，更不要说炽天使。

万丈金光中，米迦勒展开六翼，红发飞舞，身材高大，手举火焰缭绕的圣剑，率领着黄道十二宫和惩罚天使团，确实美得举世无双。玛门一直在反复看那张照片，最后喃喃道——

真不可思议……他跟我妈居然长一张脸。

……众人

照片上的天使真的太漂亮了，导致后来几堂课介绍其他大天使的时候，玛门一睡不起。

所以后来玛门带领魔军上战场，居然叫不出加百列的名字。传说加百列回希玛后气得冒青筋，说路西法那个小孩实在太目中无人，再看到他，一定淹死他。

随着年纪增长，魔族早熟的小孩们也开始谈恋爱。魔界小王子处处留情，很多女孩都惨遭他的毒手。伊罗斯盛宴上，他更是四处留情。魔族在交友方面比较随便，但玛门和阿撒兹勒的随便，是连路西法陛下都看不下去的，但陛下毕竟不好插手阿撒兹勒的私事，只好一直有意无意地暗示玛门收敛点。玛门当没听到，魔界漂亮的姑娘几乎都给他勾搭完了，除了我姐姐。其实我看得出来陛下很喜欢姐姐，还有让玛门将来娶她的意思，不过她不懂得把握机会，早早就离开了魔界。之后所有女孩都把矛头跟我对上，说我和玛门天天待在一块儿，就像他的女佣，怎么都配不上他。

我对于这样的评价，从来都只是回答——

但实际我心里很清楚，我不是一个漂亮的女孩，一直吸引玛门和我长期相处的，是我的傲气和刚毅。和我相处他很轻松，我从来不询问他任何事，给他无限度的自由。

不管怎么说，玛门就是比较喜欢我！

！！

曾经一直以为，倒贴他的美女数不胜数，他对谁似乎又都是一个样的。这样下去，玛门玩够了，最后一定会选择一个真正适合自己的栖身之地……这个能陪伴他的人，或许是我吧。

然而，令人出乎意料的是——

对所有人实行均占思想的玛门，在替路西法陛下建立了潘地曼尼南之后，突然开始憎恨米迦勒。只要一上战场，他一定会第一个挑衅那名避免与他碰面的大天使长。

玛门开始难以控制地提起米迦勒，

说他卑鄙无耻，说他道貌岸然，

说他的外貌欺骗了所有人。

有一次我回家，听到父母在讨论潘地曼尼南修建完成后的事，问过之后才知道，路西法陛下和老爸在参观宫殿时等玛门，顺便提起了米迦勒以前的事，被提前到场的玛门听到了。原来米迦勒和路西法原来关系非同一般，因为米迦勒的背叛，路西法陛下才会堕入魔界。玛门以前一直以为自己的父王会堕天是因为不敌米迦勒，在魔界，自强者雄，玛门因为崇拜路西法，对米迦勒更有一种超越种族和阶位的敬佩之情。这一说法自然大大冲击了玛门纯真的幻想，之后敬爱变成仇恨，米迦勒变成了他必杀名单的首要人物。

很多年后的某一日，玛门在洗澡的时候突然不见了。

等他回来以后，竟沉不住气跑来对我说——

我看到米迦勒了。不过开始怎么都不肯相信那是他……他真的好卑鄙。

才知道是米迦勒不小心把他召唤到了圣浮里亚。玛门在讨论米迦勒的时候，眼神和他所说的话完全搭不上调，我第一次看到他如此迷茫的模样。

后来，米迦勒来访魔界。这一消息震惊了所有魔族，而更没有什么场景比他进入罗德欧加城大门时更加令人难忘。罗德欧加的夜晚是全世界最美丽的，一艘艘奴隶船停泊在岸边，城中的彩旗飘扬在空中，还有无数黑龙火龙在帝都的上空徘徊。

而在这座黑暗之城中，大天使长是一道圣洁的光芒，他在流光溢彩的河岸边降临，金色的六翼像是要和所有美丽的光辉都融为一体。路西法陛下率领着皇家炮兵站在城门前，他和米迦勒之间隔了一条长长的桥梁，两人对峙了很久，就像谁也无法跨过去。

那一夜过后，玛门对米迦勒的态度又一次急转弯。时不时地搭讪、嘲弄、调戏，弄得所有人都跟着他一起莫明其妙。米迦勒似乎对他也宽容得很，凡事都由着他的性子来，于是两人之间的传闻越来越多，都快超过了路西法。

有一次玛门居然主动来找我，无比自豪地说——

告诉你，米迦勒啊肯定看上我了。他对什么人都特别有防备，但是我向他提出的要求，他几乎没有拒绝过。而且他还喂我吃过东西，米迦勒果然是……哈哈。

我几乎听到自己一颗心下落的声音，他那上扬的吊稍眼弯了起来，露出邪气又天真的笑容，或许他自己都没有发现。

米迦勒~

奏凯！

嗖嗖~

所以，你也准备跟着他一起是吗？

……

扑倒~

你马上就会知道了。

019

那一夜过后，我从玛门怀中撤离，玛门伏在床上，摸索了枕头抱在怀中，嘴角还微微扬起。他颧骨上的玫瑰艳丽非凡，侧脸的弧度也相当漂亮。

还是一个大男孩而已。

眼泪又不受控制地落在他的脸上。

在玛门看来，我只是个有点依恋他喜欢他，但永远不会爱上他的女人。但全天下的女人都是一样的，如果对一个男人没有感情，又怎么会允许他同时和那么多个女人乱来。

已经不知偷偷哭了多少回，只是不能让他看到。如果他知道我的想法，一定会走掉。

又隔了一段时间，伊罗斯盛宴上，路西法陛下和米迦勒似乎发生了不可挽回的事。玛门彻底不务正业，丢了他的金库和矿业跑去陪米迦勒。

曾经在街道上看到玛门把变小的米迦勒举过头顶，小米迦勒头发比成人时红得多，他正横着两条眉捏玛门的脸蛋。玛门小小的瓜子脸都给他捏变了形，但眼中的笑意还是无法掩饰。

我偷偷转过街道，当什么都没看到。

几日过后，玛门又来找我。他忽然推开我的门。我象征性地反抗了几下，骂了他几句，满足了他的征服欲后，到底还是服从了。玛门一点都不开心，他不过找我发泄。

对不起……

事后他哭丧着脸，垂头连连向我道歉。我第一次听他那么认真地说对不起，知道他肯定遇到了不开心的事，于是抱着他，轻轻拍他的肩，直到他睡着。

次日有消息说，路西法陛下和米迦勒和好，米迦勒一直待在路西法的寝宫没有出来。
再过了几天，米迦勒死去的消息又传遍了整个魔界。
其实对我来说，这并不是一件坏事。
但事后，整个魔界都发生了极大的变动。玛门离开了罗德欧加，去第二狱工作。
路西法陛下守着米迦勒的尸体，连续几个月都没有出过卡德殿。

不知过了多久，玛门回来了。

回来的时候他已成年，性格和以前还是一样，只是眼神变了，也渐渐开始寡言。

几乎所有魔族都知道他喜欢米迦勒的事，谁都知道他喜欢米迦勒不亚于陛下。但是，依然没人看见过他伤心的样子。

魔界王子依然展现给所有人魔族最坚韧的姿态。

021

直到今天早上,玛门又一次主动来找我。

那些仿佛都是发生在昨天的事,转眼,却又是千年。

老爸真是太厉害了,轻轻这么一拽,米迦勒那个混账就被拽到了魔界。

让你去拽,你拽得动吗?

他还是一如既往地跟我聊这个人。

哈哈,米迦勒能打败我吗?

不过你知道吗,过了这么多年,当我在战场上又再遇到他的时候,他喜欢的人,似乎……

是男人就少说这些小女人的东西,说说你的战绩吧。

嗯,还是我老爸。

不,我想说的是,这么多年,我似乎让他和老爸都不大开心了……明天我会去监狱找他……

你喝了多少酒?

抱

摇头

一点而已,没事。
……谢谢你。

这么难得的机会不说清楚可惜了。对,去监狱找他。

我记得我还小的时候,性格比现在叛逆几百倍。那时候很多人都说天使是不可玷污的神物,我却偏偏不信邪……洁妮,原来在罗德欧加学院的课本还记得吗?

点头

还记得前段时间给学生上课。有一对年轻的情侣都是玛门的忠实粉丝，两人为了鸡毛蒜皮的小事正在吵架。男孩子说："像玛门殿下那样优秀的人，一定要风得风，要雨得雨，要女人得女人，我以后跟他一样强了，一定甩掉你。"女孩子却说："你这个笨蛋，所有人都知道殿下有心上人，喜欢了几千年，只是他永远得不到那个人罢了，事实说明，再强的男人也有人甩。"

天渐渐暗下来了。

玛门的鼻尖微微发红，因为仰头，

泪水一直在他的眼眶中打着转儿。

男孩子说："你胡说。"女孩子说："你不信去问别人，玛门殿下只敢远望他，到现在连我爱你都不敢对他说。"

他眼望窗外，喝了太多的酒，哽咽着，

几乎无法说出完整的话——

我也记得，那本书上的大天使长……

真的是很美，

很美的……

《天神右翼》番外——《诱邪》（任性完结）★w★

023

道士与九尾狐

绘 / 长阳

飞仙派？ 非仙派！

銮 文／南枝

飞仙山，名为飞仙，实则只是一座不高不矮的小土山，上面有户修仙门派，叫飞仙派。

飞仙派，从创派至今，只经历了两代——师傅一代，徒弟一代。

山上，有院落一座，除了正堂看起来稍稍齐整，其他建筑便颇为凑合了。

自从去参观，不，参加了第250届仙门大比武后，飞仙派的老幺宓昕就有些不正常了。

大师兄戚信君做好了早饭，伺候师傅老人家紫隐真人吃后，才召集众师弟吃。二师弟刘夷放下担水的水桶就冲进饭堂，生怕晚了肉包子被老幺抢光。三师弟仇彦则把一大早洗好的衣服在晨风里晾好了才慢条斯理地走进饭堂，还对二师兄刘夷说："跑这么快，太有辱斯文。"

刘夷说："你懂什么，师傅说我练得最好的就是脚下生风，这一招儿当然要用在这里了。"

戚信君端着碗站在大门口："老幺呢？怎么还不来吃早饭，平常总是他饿得最快，今天倒不着急了。"

仇彦龟毛地用手巾擦了一遍筷子，又端着稀饭喝了一口，才夹了一个小包子，说："我洗衣服的时候，看到他在溪边练剑，难道还没有回来？"

戚信君说："这小子最近练剑练疯了吗？连早饭也不吃，我去叫他。"

刘夷大口啃着包子说："最近老幺有点不对劲，每次吃饭都把第一的位置让给我，太不对劲了。"

他顾盼着，猜测道："他从250仙门比武后才这样的，难道他在比武会场看上了某位仙子，小小年纪，开始思春了吗？"

戚信君给了他一个白眼："老幺才十四岁，你以为他是你。"

仇彦放下手里的碗筷，说："其实吧，这也不是不可能。"

戚信君觉得这事有点严重了，说："早恋可不好，要不要报告师傅他老人家。"

仇彦说："大师兄，我觉得早恋总比我们全都找不到对象好啊。"

膝盖中箭的戚信君："……"

三人来到后山溪水边上，看到老幺宓昕正在晨光里挥汗如雨地练剑，一招一式颇有风范。仇彦在地上捡了一块小石头朝宓昕扔过去，宓昕一剑斩过，将小石头挥开，并不理会参观团的三人，继续练剑。

刘夷从地上抱了一块大石头，一边朝宓昕扔过去，一边喊道："小师弟，接招儿！"

宓昕听到风声，一剑回刺，一道大力涌来，他一看，是一块重达至少一百斤的大石头，他扔下剑就跳开了，石头掉在地上又滚到了溪水中，溅起一大团水花。

宓昕没好气地说："二师兄，你就知道捣乱。你们根本就是有辱师门，我不要理你们了。"

刘夷上前给了宓昕的后脑勺一巴掌："你以为你翅膀长硬了吗，竟然说我们有辱师门。"

宓昕一边护后脑勺一边说："对，比起青云门的君忆胪，你们根本就是有辱师门，我不要和你们玩儿了。"

说完，宓昕就捡起地上的木剑，飞快地跑开了。

刘夷愤愤地对大师兄戚信君说："大师兄，你看看老幺这个样子，儿不嫌母丑，他真是太欠揍了。今晚他睡着了，我要让他尝一次我的挠痒神功，你们不许拦着我。"

戚信君说："你不要欺负他了，到时候师傅又要罚你在屋顶上金鸡独立，别吓坏了到山上送米的李老头。"

刘夷说："但他实在太过分了嘛，他现在都要变成青云门的信徒了。真是长他人志气，灭自己威风，气死人了。再说，君忆胪那个小白脸，不就是在比斗中夺魁了嘛，有什么了不起。"

仇彦上前说："仙门比斗中夺魁，还是很不容易的，毕竟我们能够去参观，还是师傅费了老大劲呢，连入围都不行，别说夺魁了。"

仇彦的一句公道话把刘夷惹得更生气，说："反正我就是瞧不上青云门的那个小白脸。"

说完就走了。

只剩下戚信君和仇彦面面相觑，敦厚大度的戚信君说："我们的确应该努力一些，不然真的太丢脸了。师傅好歹有些名头，我们却连入围资格也没有。"

刘夷晚上偷偷摸摸到了宓昕的房间里，跳上他的床要来个泰山压顶"嘭"的一声砸在被子上，下面却软绵绵的只有被子没有人，他"咦"了一声，四处摸了一遍，果真没有人。

刘夷跳下床四处找了一遍，哪里也没找到宓昕，他不得不跑去敲戚信君的房门："大师兄，不好了，老幺不见了，老幺不见了啊！"

三个师兄弟把前山后山找了个遍，没找到宓昕，在晨光微曦时拖着疲惫的身体回到院子里，刘夷很心虚地说："难道是他知道我昨晚要去偷袭他，所以他躲起来了。"

戚信君说："让你不要欺负他，你总不听。"

仇彦说："我觉得他不是因为二师兄才躲的。"

刘夷说："那是因为什么不见了。幸好我们飞仙派不大，不然一晚根本不够找他。这小子到底躲哪里去了，难道是去了山下红尘中……"

他还想贫嘴，戚信君就踢了他一脚，朝前方恭敬地说："师傅，您今天起得早。老幺这小子不知道跑哪里去了，我们一直在找他。"

刘夷一听师傅的名号，飞快转过头来，只见自家一向死宅的师傅正站在正堂大门口，晨光映在他负手而立的身上，宛若金光塑身，就要飞升。

他立马端正了态度，对紫隐真人呵呵笑："师傅，早啊。"

紫隐真人面白无须，卧蚕眉，丹凤眼，年轻俊逸得和"师傅"很不搭，不过，他不笑的时候依然颇有威严，他把手上的一张纸扔向戚信君，说："你看看。"

戚信君接了信，只见上面潦潦草草写了两行字："师傅，徒儿深感我飞仙派门派不振，欲寻振兴门派之法，故徒儿下山去了，师傅勿念。小徒宓昕留。"

戚信君读完信，震惊地看向师傅，道："师傅，这振兴门派的事，他一个老幺，能做成什么。我想，我们还是赶紧把他找回来吧。"

刘夷和仇彦都同样震惊："他要到哪里去找振兴门派之法。"

紫隐真人眯着眼睛看了一阵东升的太阳，在徒儿们期待他高见的时候，他捂着嘴打了个呵欠，说："我看，他应该是去青云门了，你们去把他找回来吧。"

戚信君说："师傅，您怎么知道他是去青云门了？"

紫隐真人说："你们去青云门找他就行了。"

戚信君："我们三个都去吗？"

紫隐真人："对。"

戚信君："那谁给您做饭洗衣呢？"

紫隐真人："我先辟谷几天就行了，你们快去快回。"

戚信君对看似高深莫测、仙风道骨，实则不过是懒得出奇的师傅也是跪了，只得召集另外两个师弟，去收拾了一番东西，就和师傅告别，踏上了找老幺宓昕的旅程。

宓昕背着包袱，提着木剑，披星戴月地往青云门赶去。

青云门距离飞仙派不远，就在隔壁县里，只是青云门是修仙门派里数一数二的大派，和飞仙派这种土包子门派不可同日而语。

宓昕走到青云门所在的山下，看着缭绕在雾中的好若没有尽头的山道，胸中便豪气顿生，心想他一定要从青云门这等大派里学到他们管理门派和成就大家的法门。

爬了一天山路，宓昕只吃了两个冷馒头，傍晚，他总算到了青云门的山门口时，他已经饿得前胸贴后背。

山门处守门的两个青云门弟子拦住了他的去路："你不是本门中人，前来所为何事。"

宓昕站直了身体，满额头汗地说："我想来你们这里打杂，扫地、担水、做饭、洗衣，我都会。"

其中一个弟子说："我们这里不需要打杂的。"

另一个说："要是你想借打杂来偷师学艺，是不成的。"

宓昕说："我不是来偷师学艺的。你们不能通融一下吗？至少给我一个面试的机会吧。"

第一个弟子摇头："我们不要人。"

宓昕正要继续哀求，伴着天边的晚霞，几人御剑从山外飞来，停在了山门处。

其中一人看向宓昕，问道："这是谁？在这里做什么？"

守山门的弟子上前说："回二师兄，他想进我们门派打杂，但我们不需要人打杂。让他走，他也不走。"

另一个清朗的声音问宓昕道："你为什么想来青云门打杂，我看你根骨颇佳，手中又握着木剑，之前一定是修炼过的，你有师门吧？"

宓昕回头看这个说话的人，随即就红了脸，结巴了起来："啊……呀……我……"

这个清朗的声音正是来自宓昕的偶像君忆胪，他又说："你之前是哪个门派的？到底来做什么？"

周围的人都死死盯住了宓昕，有人说："这是想来我们青云门偷师呢。"

还有人说："这种人最不能忍。"

宓昕心想他只是来偷师门派管理法门的，又不是想偷师他们的功法，他们何必这么激动，宓昕说："我……我就是隔壁山的飞仙派的。"

"飞仙派？我们隔壁的山头有门派吗？"

"没听说过啊。"

宓昕不得不强调："真的有。我们还参加了 250 届仙门大比武，我知道是这位君师兄得了魁首。"

他目不转睛地盯着君忆胪，君忆胪看向他后，他才红了脸把目光转开了。

有人说："你们门派有人飞升吗？倒好意思叫飞仙派，太大言不惭了。既然你是飞仙派的弟子，怎么又想到我们青云门来打杂。你还说你不是想来偷师，这谁信。"

宓昕嗫嚅道："我们叫飞仙派，不是因为有人飞升了，是因为我们师傅，他的名字就叫飞仙，所以他才给他创立的门派取了这个名。"

周围的人都笑了起来，说："那你们飞仙派才刚创派吗？"

宓昕说："不是刚创派，已经创派二十年了，只是师傅他不喜欢到处走动，所以名声才不显，其实他很厉害的。"

又有人揶揄他："既然你师傅这么厉害，那你还想来我们青云门偷师？"

宓昕辩解道："我不是来偷师的，我真是来打杂的。"

"打杂做什么？这会浪费你修行的时间，你根骨不错，赶紧回去好好修炼吧。"这话是君忆胪说的。

他说完，就要进山门了，傍晚的风吹拂他身上的白衣，修长的身姿在残阳的光里好若谪仙，随着他的另外几位青云门弟子跟在他身后也要离开。

而守门的弟子已经要来赶宓昕。宓昕想到自己师傅并非凡人，很是厉害，门派不兴的原因，不过是师兄们都太懒散了，而门派又没有好的管理方法来管束师兄，别说管理方法，他们飞仙派，连门派规章都没有一条，宓昕觉得这正是门派没有发展壮大的原因。

一个门派想要立足和壮大，好的管理制度和规章是必要的。

他一定要从青云派学到一些东西才回去，不能就这样半途而废。数十年后，他要飞仙派也成为一方巨擘。

宓昕冲上前去就抓住了君忆胪的衣袖，君忆胪诧异地回头看他，好在没有振袖把他甩开："你还有什么事？"

宓昕满脸通红地说："君师兄，自从上次看了你在仙门大比中的比斗，我就成了你的粉丝，你……你收我给你打杂吧。我这次离家出走，就是专门来找你的。"

"啊？"君忆胪有些傻眼。

周围其他人都笑了起来，还有人说："以前想来大师兄跟前的都是美娇娘，这次居然来了个傻小子。"

君忆胪瞪了说这话的人一眼，对宓昕说："但我不需要打杂的。"

宓昕拉住他的衣袖不放，大大的黑眼睛紧盯着他："你就收下我吧。我保证不会偷师，我真不是来偷师的。我学了师傅教的剑法，不能再学其他的了。"

君忆胪很是为难，一副想要拒绝，又不知道怎么拒绝这个傻小子的样子。

有人逗宓昕说："想要在大师兄跟前打杂的人不知道有多少，能够从这山门排到下面县城中去了，即使你真想来打杂，也要先排队的嘛。"

宓昕傻乎乎地看着他："真要排队吗？那可以面试吗？洗衣、做饭、叠被、打扫，我从小就做惯了，能做得很好，要是有个面试的话，我觉得我通过的机会很大。"

君忆胪对那个逗他的师弟道："你不要逗他了。"

他要轻轻拂开宓昕抓住他的衣袖的手，又说："今天天晚了，你先在外门中住一晚，明天回去吧。"

宓昕死死抓住他的衣袖不放："君师兄。"

君忆胪说："好了，放开。"

宓昕说："真不行吗？"

君忆胪说："除非你不是其他门派的弟子，以你的根骨，来青云门，其实倒是可以的。"

宓昕却说："但我已经有师门了，我不会背叛师门。"

周围的人因他这话倒肃然起敬了，也有人说："我们青云门贵为仙门第一门派，可不是那么好进的，你原来的那什么飞仙派，又算什么。"

宓昕却很执拗地说："我们飞仙派，以后会很好的。"

众人对宓昕这自夸的话并未太在意，君忆胪拂开宓昕后，御剑而起，飞入了山中某峰。随即，他身后的众人也纷纷离开。

宓昕无法，看天色已晚，只得在青云门的前山外门中歇息一夜。

因他长得可爱讨喜，又在外门厨房里给大师傅帮厨，大师傅看他乖巧伶俐，便和他说了不少青云门内门的事。听闻宓昕是想到内门打杂，便说可以帮他找内门的关系，让他去内门帮厨，又说："要我说，在外门帮厨要轻松得多，内门辛苦。你真不考虑就在我这里做事？"

宓昕摇头："我来青云门，就是想进内门看看，为什么青云门能够这么厉害，是仙门第一。"

大师傅说："你倒是有志气。"

过了两日，一路懒懒散散的飞仙派三个师兄弟才到了青云门的外门山门处，戚信君向守山门的弟子打探："不知道你们可有见到一位这么高的小孩子前来？"

守山门的弟子已经换了一拨，完全不知道他们在说谁，在三个师兄弟的胡搅蛮缠下，他们才答应去问一问。

师尊闭关的情况下，君忆胪不得不担任起处理门中内外事务的责任。被人报上来飞仙派派了三名弟子前来青云门找人的事时，他很自然地想到了前两天见到的那个包子脸小少年。

他去外门见了戚信君三人，问道："你们找谁？"

　　君忆胪因为在仙门大比斗中拿了魁首，便被传为"仙门第一俊才"。刘夷很不服气他的这个称号，在人背后总是对他不以为然，但此时面对着俊逸而彬彬有礼的当事人，他却是屁也没敢放一个。

　　戚信君上前拱手见礼："是这样的，我们的小师弟，他叫宓昕，在家里闹了脾气就离家出走了，我们师傅掐指一算，说他来了青云门，没有办法，我们只好赧颜前来叨扰，想问一问，我们师弟是不是来过了。"

　　君忆胪心想之前那个小少年是叫宓昕吗，他说："两日前倒的确有一个自称贵派弟子的小少年来过，不过我们并没有收下他，而是让他离开了。"

　　"但我们在路上没有遇到他，他真的离开了吗？"戚信君有些迟疑。

　　君忆胪身边的师弟万长青不满戚信君的怀疑，说："难道我们会藏你们飞仙派的人吗？我们青云门是什么身份，你们飞仙派是什么身份？"

　　戚信君没有因他的话动气，其实青云门这等大派，居然派了君忆胪这等有名望的大师兄来和他们交涉，他已经很觉荣幸。但刘夷却觉得深受侮辱，说："你们青云门是什么身份？我们飞仙派是什么身份？你别狗眼看人低，总有一天，我们飞仙派比你们青云门好。再说，我们师傅说宓昕根骨绝佳，难得一见，说不定你们真把他藏起来了呢。"

　　万长青冷笑了一声："我们青云门里根骨绝佳的修仙苗子不知凡几，会看上你的师弟？"

　　刘夷还想继续冷嘲热讽，就被戚信君拦住了，而君忆胪也拦住了万长青，说："不得对客人无礼。"

　　戚信君道："烦请君兄再帮忙问问，我们师弟是不是真的走了，不然我们找不到他，实在不好回山门同师傅交代。"

　　君忆胪便好脾气地让人再去问问，过了一会儿，就有人来报："那位叫宓昕的小子并没有走，他现在在内门的大厨房里帮厨。"

君忆胪："……"

飞仙派三个师兄弟："……"

刘夷不满地说："这小子太欠揍了，在自家让他做饭，他便说要去练剑，现在倒跑到别人家里来打杂了。"

戚信君则对君忆胪拱手说："烦请君兄让人把宓昕送出来，我们也好带他走。"

君忆胪实在没想到宓昕居然真的跑去打杂了，他叫了人去带宓昕出来，过了一阵，只有去叫他的人回来了，宓昕没来，此人说："那位傻小子无论如何不愿意回去，说他不想回去被他的师兄们带坏了。"

戚信君一向好脾气，听了这话也有些受打击了，说："他怎么会这么想。"

又问两位师弟："我们哪里持身不正，竟然让他觉得我们会带坏他？"

刘夷说："他就是欠揍。"

仇彦说："二师兄，你不要这样说，也许就是你经常欺负他，他才不想回去了。"

戚信君只好恳求君忆胪让他们去亲自劝说宓昕，君忆胪虽然在心里为他们这些莫名其妙的行为摇头，但还是答应了他们的要求。

戚信君三人到内门大厨房时，宓昕正在一边运气劈柴，一边默背师傅教的剑法口诀。

刘夷一声大喝："老幺！"

宓昕吓得把手里的斧头都掉了，但转过身来面对三位师兄时，他却很是镇定，眼神坚毅地说："我知道你们是来带我回去的，但我不回去。"

戚信君循循善诱："为什么？"

宓昕说："你们让飞仙派无组织无纪律，我受够了，我要在青云门修行。"

刘夷恼道："你这是要背弃师门吗？"

宓昕说："我没有。我永远是师傅的弟子，只是我不想回去。"

仇彦也劝他："你这是何必，在飞仙派，我们不够爱护你吗？你为什么反而要来青云门打杂？"

宓昕说："你们很爱护我，但是，比起你们的爱护，我更希望飞仙派能够振作起来，积极上进，反正我不回去，回去了每天看你们懒散度日，实在很没意思。"

刘夷想要采用强硬手段把宓昕带回去，宓昕看他要动手，转身就跑，像个小兔子似的，一下子就跑得没影了。

戚信君不得不决定回去搬师傅前来，他对君忆胪谢道："君兄，多谢贵门收留了我们小师弟，我先回去一趟，过几天再来。"

君忆胪心想你们其实不用来了，拱手道："好说，这不算什么。"

戚信君三人回到飞仙派，师傅紫隐真人还在辟谷打坐，三人到他修炼的门口行礼，只听房中传出紫隐真人的声音："人没带回来吗？"

戚信君说："小师弟不愿意回来，他留在青云门打杂了。徒儿回来是想请师傅您亲自走一趟，去把小师弟带回来。"

紫隐真人说："他为何不愿意回来？"

戚信君期期艾艾没说理由，刘夷则愤愤说："他说他不想回来看我们懒散度日，宁愿在青云门吃苦受累。"

戚信君和仇彦都有些尴尬，仇彦说："难道我们真的太懒散了吗？太过疏于修炼？以至于让师弟都要以我们为耻了。但是，师傅，您不是说所谓修行，就是应该随心而动，这样才能达到至境。"

房门无风而开，紫隐真人跌坐在房中蒲团上，他沉默良久，随即悠悠说道："所谓修行，随心而动，并不是随性修行，而是要心志坚定，以心为镜，坚持本心修行。所谓本心，即为初心，亦为真心，此心当不受一切外物所扰所困，不受一切缘法所迷惑，坚持己道，不扰不惑，方成大道，方达至境。唯有宓昕明白了师傅所言的真谛他才会回来。"

紫隐真人说了这一段话后，便从蒲团上站起了身来，说："你们随我一起去青云门吧。"

咸信君见师傅同以前相比似乎有些变化，他仔细地揣摩紫隐真人方才的那段话，似乎有所感悟，但是这种感觉一瞬即逝，又没有抓住什么。

而刘夷则有些诧异，他以为以师傅的懒，一定是不愿意出门的，没想到他居然真的要亲自去青云门。

说紫隐真人懒，可不是刘夷对师傅不敬，那实在是有据可依的。他到紫隐真人身边十几年了，就没见紫隐真人走出过飞仙派的大门，但也没见他闭关修行，他每天都要吃要喝的，有时候也指点一下他们的修行，除此，他就不做其他事了。这不是懒是什么呢？因为师傅懒，且并不要求他们这些弟子必须用功修行，还说什么随心修行方成大道，他们这些弟子才真的随心了，然后就被小师弟鄙视了，小师弟还要叛门去别的门派打杂。

而仇彦则悟性最佳，他从紫隐真人那话里有了一些领悟，说："师傅，我们以前过分疏懒，是不是做错了？"

紫隐真人看了他一眼，道："这得你们自己去领悟。"

仇彦："……"

紫隐真人修为高深，深不可测，但几个弟子连会御剑飞行的也没有，可见他们的修行荒废到了什么地步。

因弟子们都不会御剑飞行，紫隐真人便也不带他们御剑而行，只和他们一起步行前往青云门。

紫隐真人一路行来，身周隐有光辉，足虽着地，却不沾染丝毫尘埃，三个弟子跟在他的身后，则走得疲惫不堪。

紫隐真人停下来等他们，说："为师误了你们前十几年，不会再误你们的后几十年。"

飞仙派几人到了青云门的山门处，戚信君上前对守门弟子拱手行礼："有劳各位，这是我们的师傅，我们又来叨扰了，烦请你们的大师兄前来相见。"

守门弟子里有一人正是前几日见过戚信君三人的，说："请到外门大堂去等等吧，我们会去通报。"

紫隐真人虽然不言不语，神色也很平和，但身上的隐隐仙气，颇为慑人，让人不敢小觑。

青云门的弟子无不在心中好奇，为何这位神仙样的仙君的三个弟子却这般不能入目。

君忆胪刚练剑完毕，就被禀报飞仙派的三个弟子引着他们的师傅前来了。

来人道："是位身上已经隐然有仙气的仙君，只是不知他如此厉害，他的弟子为何会那般不堪。"

君忆胪说："上次所见，倒不觉得他们不堪，他们根骨都不差，只是欠缺磨砺罢了。仙门中人，最忌嚣张跋扈，不知人外有人天外有天，自视甚高，不过是井底之蛙，迷失了本心，这是师傅的教导，师弟不要忘了。"

来人被他说得很是羞臊，服气地说："是。"

君忆胪在外门见到了紫隐真人和戚信君三人，紫隐真人容貌非凡，身上隐隐带着仙气之光，也许不久便会飞升，让人心折，他对紫隐真人行礼道："晚辈见过真人。真人是来接宓昕回去吗？他现在还在内门大厨房里修行。"

紫隐真人道："本君前来，非为找他，且由他在那里修行。"

君忆胪诧异了："那不知真人前来有何指教？"

不仅君忆胪诧异了，就是戚信君、刘夷、仇彦他们也诧异了，心想他们长途跋涉跑来，不分昼夜地赶路，饿了啃干粮，渴了喝溪水，难道不是赶紧来接小师弟，以免他被青云门蛊惑越发不肯回去？

紫隐真人道："不知青云门内现在的掌门可还是谢流云？"

君忆胪对他直呼自己的师尊名讳颇有些不豫，但面上却是礼貌的，说："正是。"

紫隐真人道："我不问俗事百载，看来，世事变化并不大。你且去请他来，我有事交代他。"

君忆胪没有动脚，说："不知真人尊号，可与家师有所渊源，家师正在闭关，晚辈实在不好前去打搅。"

紫隐真人说道："你且去吧，他马上就出关了。你说是慕非仙回来了。"

君忆胪将信将疑，让人好好招待这几位客人之后，他就去了后山掌门闭关处。他刚到后山，就见山间气息隐隐浮动，这正是他师尊谢流云出关之兆。

他不曾想那位慕飞仙居然这般厉害，可以算出他师尊何时出关，毕竟连他都不知道，或者是连他师尊自己都不曾算过他什么时候能够出关，而且还是有所成地出关。

君忆胪站在门口等着，谢掌门见到他便问道："你为何在此，为师此前并未召唤你前来。"

君忆胪说道："有一位唤作慕非仙的前辈，乃是飞仙派的掌门，他前来拜访师尊您，说您会在此时出关，让弟子前来等候。"

谢掌门一听他提慕非仙，便说："师叔人在何处，快带我前去。"

"？"君忆胪很是震惊，心想那位看起来脸还颇嫩的仙君，居然是他师傅的师叔，幸好没有得罪他们。

君忆胪说："人在外门的大堂中。"

谢掌门道："怎么不在内门招待。"

随即知道一定是师叔没有表明身份，他并不责怪弟子了，说："我前去迎接便是。"

谢掌门化作一道光落在了外门大堂之前，走进大堂，只见紫隐真人站在创派祖师的大幅画像前，正看着画像发呆，他上前行礼道："弟子拜见师叔。师叔别来无恙？"

　　紫隐真人转过身来看他，笑了笑："我始终不曾明白，师傅所言所谓修行，随心而动，方成大道，是何意。也不明白，他为何要为我赐名非仙，师傅飞升，无人为我解惑，我只得出走游历寻找机缘，近来，方醒悟过来。如此，我便回来了。"

　　谢掌门道："恭喜师叔得证大道。"

　　紫隐真人道："大道谈不上，不过，我将闭关，有些事放不下，只得劳烦师侄。"

　　谢掌门道："还请师叔吩咐。"

　　紫隐真人指了指自己身后的三个不成才的弟子，道："这是我这些年收下的几个弟子，除了他们三个，还有一个在内门的大厨房里打杂。烦请师侄替我教导他们，不要让他们荒废了修行。"

　　听到紫隐真人和谢掌门的对话，紫隐真人的三个土包子徒弟都已经石化了，此时听自家师傅把他们交给谢掌门，几人才回过神来，对紫隐真人道："师傅……"

　　紫隐真人说："还不快拜见你们师兄。"

　　三人只得赶紧向谢掌门行礼："拜见师兄。"

　　谢掌门早就看到了这三个修为非常一般的师弟，他很诧异曾经被称为"门中第一天才"的小师叔的弟子竟然这般平庸，但他并没有将这种诧异表现出来，受了三人的礼后，他便说："我既然受了师叔之命，以后一定会对几位师弟尽职尽责。"

　　三人因他这话不知为何背脊一凉。

　　交代了几个徒弟，紫隐真人就化成了一道光，从原地消失不见了，应该是回他在青云门的洞府去闭关了。

　　一月后，随着青云门的弟子一起修行的戚信君、刘夷和仇彦都瘦了一大圈，三人只觉得苦不堪言。

　　在校场练剑完毕，回住处的时候，路上的青云门弟子们都朝他们打招呼。遇到君忆庐，刘夷也完全不敢鄙视他了。君忆庐除了修炼外，还要打理一部分门派事务，比他们还辛苦，但他还能是仙门大比中的魁首，可见此人真的很不一般。

君忆胪最初要叫这三人师叔时，颇不习惯，叫了一个月后，也就有些习惯了，他说："三位师叔这是回去吗？"

戚信君说："师侄辛苦，我们练剑完毕，回去用膳了。"

仇彦则问："老幺宓昕现在怎么样？"

君忆胪说："小师叔他现在在我的院子里打杂，我们说了他是师叔，让他不用打杂了，但他不相信，一定要打杂，我们没办法，只好让他留在我那里打杂了。"

刘夷说："他自从看了你在仙门大比中夺魁，就日思夜想地念着你，现在可以在你那里打杂，他求之不得，你就不用劝他了。"

君忆胪："……"

宓昕将青云门的各种规章制度和行事规范都做了笔记，决定以此作为飞仙派的门派制度的参考。做完这些，已经是一年后。他在一天早晨，对君忆胪说："君师兄，我今天得回去了。"

刚打完坐的君忆胪看向他："回去？"

宓昕说："是，我要回飞仙派去了。"

君忆胪说："但是你的师傅是我们的师叔祖，并没有飞仙派这个门派，你就是属于青云门的，你怎么回飞仙派去呢。"

宓昕一脸肃然："我知道我根骨绝佳，青云门想把我留下来，但是我是飞仙派的弟子，我不能背叛师门，我必须回去了。"

君忆胪："……"

君忆胪看他死脑筋，只得让他回去，又派了两个师弟偷偷跟着他回去。除此，又让人去叫了在另外一个山头修炼的原飞仙派三个师兄弟，说了宓昕的情况。

众人偷偷跟在宓昕身后，看他走回了飞仙派。

站在空无一物的小山包上，宓昕震惊了，为什么他才离开一年，他的师门就没了呢。

宓昕四处寻找，山上倒的确还有地基的痕迹，却没有房屋了。

他正不知所措，戚信君就跳了出去到他跟前，说："嘿，老幺。"

宓昕看到他，睁大了红红的眼睛："师兄，我们的门派没了。"

戚信君说："本来就没有什么飞仙派，我们是属于青云门的。"

宓昕却指责他道："师兄，我知道飞仙派很小很差，但是，我们不能因为他很小很差就不承认它，还去攀附青云门。"

戚信君说："我们哪里是去攀附青云门，师傅本来就是青云门里的弟子。你上次去了青云门，我们叫师傅去找你，师傅突然参透了他一直以来没有参透的仙机，就回青云门了，并把我们也带回了青云门。"

宓昕不信，仇彦上前说："师弟，没有什么不可信的。你想想，我们飞仙派从没有挂过飞仙派的牌匾，因为师傅说的飞仙派，并不是飞升成仙之意，而是并非仙人之意。非仙，即为胸中不要念着成仙，不是仙人之意，这是师傅的师傅赐给他的名，既然师傅有师傅，那师傅怎么会没有师门呢，你说是不是。"

宓昕这才有些相信了，他很是不满地盯着三个师兄："为什么你们不早点找到我告诉我。"

刘夷说："你这个臭小子，倒是怪我们了，我们看你在君忆胪那小子面前打杂，高兴得很嘛。"

宓昕："……"

宓昕被三位师兄带回青云门的时候，他还在兀自伤心，他想，他写了那么多飞仙派派规，难道都没有用了吗？

－ 完 －

绘 | 容境

絵 绘 / 容境

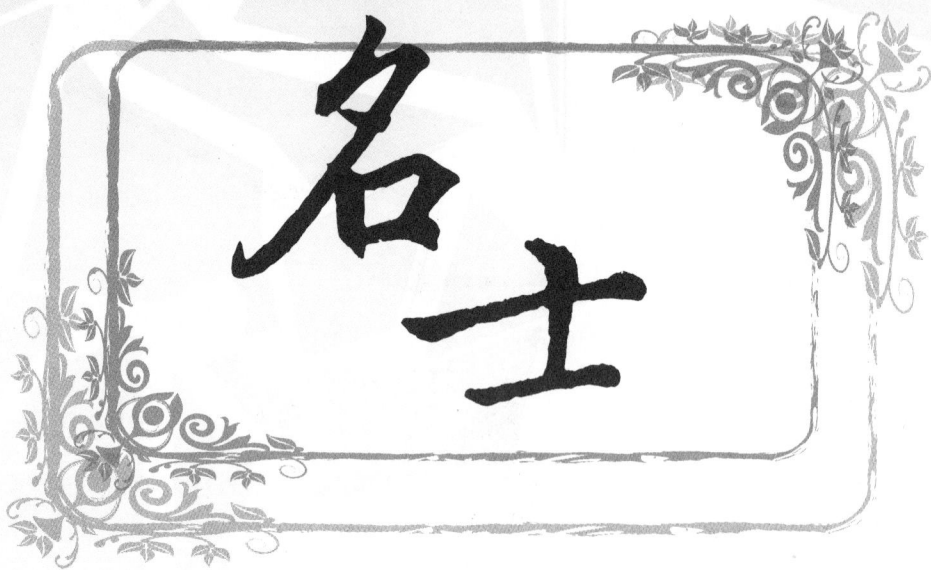

名士

文 / 李惟七

引子

"周都督，我们且干了这一杯。"我举起酒杯，葡萄美酒殷殷如血，将军的颈项瓷白如月。

他将杯中血色一饮而尽。

我击掌到："好风景。"

"那你何故叹惋？"他将酒樽放下，毫无醉意的眸子却有种咄人的优美威严。

"周都督啊——"我眯着眼欣赏这块隐有裂缝的清贵玉石，"因为酒将尽了。"我把空空的酒坛倒过来，只有几滴残留的鲜艳顺着坛子滴到我的膝上，氤氲成三两朵梅花，幽冷的酒香隐隐从我的白袍上透出，"与周公瑾交，如饮醇醪，不觉自醉——而今，这酒将尽了。"

灯光下他的眼神一动，又似乎只是烛火。

我借着酒意大胆凑近那张乱世中能奏弦歌的脸容，一根将崩断的琴弦，怒放到最高音阶的华丽和残艳，太美了、太亮了，酒意激滟的眼神会奏乐曲。

我无声地吐出几个字，将自己袍袖上的酒香凋谢成黑暗。

我是这乱世中的预言者，不属于任何一方割据。因为我的预言从未失误过，所以，我只属于真实。

此时此刻，我凑近周都督的脸，说："你会死在建安十五年。"

一

建安元年，正月十五。

那日，月亮又白、又圆、又冷，白得仿佛在水里洗了一千次，冷得就像刚在冰窖里摸出来的，莹透皎洁。两个师哥端着热腾腾的元宵来找她，说："师父交代下来，今儿一同吃元宵。"

"今日不教布阵，也不教心法，为师问你们一句话——你们学兵法所谓何？"

师父这一问，室内顿时安静。

半晌，徐元直答："义之所在，虽万千人吾往矣。为道义。"

诸葛亮答："平乱世，扶百姓，为社稷。"

明净皑咬着元宵想了半天，歪着脑袋说："学兵法为了别人不用打仗。"师父微微一怔，明净皑赶紧把那个元宵吞进肚子里，嘴里含含糊糊的接着说："道义也好，社稷也好，不是打架就是打仗——哇！元直师哥，你怎么踩我？"

这一年襄樊的冬天雪下得特别久，鹅毛铺满了乡下的田垄，把三个少年平时嬉戏的草垛和庭院都裹上了蓬软的棉絮。

"我说……"明净皑不顾两个师哥朝她拼命使眼色："我学了武，就有很多人可以不用学，我会打仗，就可以很多人不用打仗！北边来的难民，南方的乞丐，除了穿得不一样，眉毛眼睛都是一样的，为什么非要互相打仗呢？"

师父霍然站起，面笼清霜，明净皑从未见过那样威严优雅的站立。可是，他单薄的脊背站得那么直，直得仿佛要将自己生生折断。

师父就是这乱世里的一卷书，各方割据势力都想读的一卷奇书。当年董卓来拜，袁绍来请，孙坚来试，但他们都像巫山的云雨新茶，被师父冷淡的笑意摘去了企图。十二年来，师父单教了三个弟子，却不教治国的方略。

明净皑还想说什么，徐元直一把拉住她，笑道："小矮子平时就满嘴孩子话，师父不要和她当真。"

"又叫我小矮子！"明净皑生气的一把甩开徐元直的手，谁让她的名字有个"皑"字呢？

月光如刀锋利，似水神秘。

师父突然对徐元直和诸葛亮说："你们可以出师了。"沉默了许久，他侧身对明净皑说："你——再学十年。"

二

十年，真的不是一段短的时间。

我跟着师父种田除草，两个师哥并没有走远，他们是隐匿的龙凤，时下的朝野杂木交错割据，没有梧桐让他们停歇。

很久没有元直师哥的消息，不过从孔明师哥口中得知他的近况。他似乎迷上了《易经》，除了侍奉老母就是与这本书为伴。孔明师哥在春夏两季会来帮师父干活，但从不刻意。他出生于琅邪阳都，幼年孤独颠簸，举止却总是如春风拂面般的随和，以前三个人在一起时，孔明师哥也并不刻意表现，他敛眉的样子让最挑剔的人也找不出缺点。

可惜，师父待他就如陌生人一般——师父的凉薄一直就是这样绝情，出师的弟子似乎再与他无关。而师哥来时，我无疑是欢喜的，因为诸葛师哥会带来他新种的稻米，山下的松子和樱桃。

"师哥，你什么时候再来？"

"柿子熟的时候吧。"

"你想出去看看吗？外面的世界——"我兴奋地问。

"看情形了。"孔明师哥微笑，他朝师父住的茅屋望去，眼睛里似乎有几点阳光的热度。我不知道他还在等待着什么，但能感觉到这里还有令他期望的东西。

"听说袁绍和曹操要在官渡打仗，你说谁会赢？"我吮了一颗樱桃。

他把大竹篮拿起来，我才发现他的手长大了好多，以前我们三个人都握不住这篮子。他谦和地说："只有师父知道。"

师父被称为水镜先生，他在乱世中的最奇特之处在于他能预知未来——最可怕的是，迄今为止他还没有出过错。即便现在师哥们的名声已经从襄樊传到了全国，这一点他们仍无法模仿。

"我知道，你心里早就觉得曹操会赢。"我笑嘻嘻地说，"你觉得那个沛国来的阿瞒怎么样？听说他礼贤下士的名声早就传开了，如果他赢了官渡之战，想跟他恐怕就不那么容易了。"

"现在已经不容易了。"孔明师哥认真的说，"曹操的身边已经有了几个很特别的人才。"

"你是不同的。"我自豪地说。

"没有什么真正的不同。"他不再看我，"只有师父是不同的。也许，以后师父会把他最重要的东西交给你。"

他唇上淡青色的绒须让少年清秀的轮廓更加明晰，宁和秀雅的神气使他看上去没有一点野心，只有偶尔望天时的眼神，内敛着和外面世界一样起伏的风云。

柿子熟的时候，孔明师哥没有再来。一连大半年他都没有来了。

到来年的春天我才听说他跟荆州的刘备走了，在此之前，我从没听说过这号人物——这个乱世中的小人物，把我的师哥带走了——从此之后，不会有人再敢轻视他的姓氏，那将被百姓传说成大汉中山靖王子孙的凭据。

也许这就是师哥的选择。即使做某片黑夜唯一的星，也不做后羿时代的九个太阳。

三

此后几年，徐州牧刘玄德的崛起就像一则神话。这个市井小民曾为一席微薄的立足之地在曹操、袁绍和刘表之间辗转，却突然赢得了仁厚的声名和人心。

小隐于野，大隐于朝，诸葛亮的出仕给了哪些热衷时局且惯于清谈的士子很好的标尺。人们几乎忘了水镜先生司马徽，这恰好如他所愿。就像他居住的山脉一样——无论权利之手怎样炙热，山上都是常年凉爽的。

水镜先生在大片庄稼的田地间锄草，荷锄的样子说不出的真实。明净皑笑呵呵地望着先生头上闪闪发光的汗水："师父，我们今年的收成一定好。"

"不是因为收成好才高兴，是喜欢看我种地吧？"

明净皑没有吭声。

"你怕什么？"先生一双冷眼里流云离索。

"就是觉得您种地比读书时好看。"明净皑笑呵呵说。

水镜先生冷哼了一声把锄头丢给她："锄完这三亩地的草。"

明净皑踩着骄阳下的田地，嘀咕道："还是孔明师哥在的时候好。"

头顶突然传来清凉的鹤的鸣叫。天地辽阔清旷，碧空一鹤排云而上，像一只航行在蓝色水面上的孤帆，划开凶险的云浪。师徒抬头等着这场风暴般的美景过去，很久也没有听到其他的声音。

"师父，你有时还是会想念孔明师哥吧？"

水镜先生面上突然有了些不忍的苍凉，仿佛那些远去的鹤影带走了某种人生，说："……我的确为诸葛亮这个人感到落寞，但不是因为想念。"

四

我很久以后才能理解师父的这句话，那个时候，新坟上已经有了零星的青草。

师父去世在一个冬夜。

他的离开和任何人的离开没有分别，最后的生命就像烛火一样，被风轻轻地吹灭了。他的坟冢起在山下的田垄间，我把锄头埋在了他的身边。那是唯一能带给他汗水的纪念，唯一能陪伴他身侧的真实。只有在远离思考时，师父才会像所有的人一样流汗、用力、收获。

是的，在未知的疆域中他了解得最多，却永远两手空空。

师父临终前，交给我一颗珠子。他枯槁修长的手将珠子放在盘子里，发出"叮"地一声轻响，我似乎感觉自己命运的弦被拨动，有一点儿本能的恐惧及欢喜。

"这是龙珠，把它含在嘴里，你能看见别人的命运。"师父的睫毛干涸了，上面凝着死亡的白霜，"我二十一岁那年仲春曾遇见过龙女，但最后剩下的……也只是这颗珠子。"

师父最后留下的话，也只有这一句了。

我瞪大眼睛目睹突如其来的死亡，以及再也无人解答的疑问，在师父扩散的瞳孔里看到了一滴冰冷的晶莹。无论曾经怎样翻江倒海，末了，也就是一句交代。

我迟疑了很久，终于还是在一个深静的星夜，忐忑地把珠子含进了嘴里。我想，如果是孔明师哥，一定不会像我这么莽撞。

家里的米缸空了。师父死前就知道我会留在襄樊的日子不多了。

那天，我最后一次拔掉师父坟前的青草，没有磕头，离开了我十七年的人生。

时代的大手笔正挥毫出磅礴的割裂与繁荣，而我清晰地看见了乱世——和那些光华璀璨的流星。

五

建安十一年，东吴来了一位奇特的客人，身着儒雅的白袍，自称是水镜先生的弟子，名叫明净。

预言对有雄心者来说有很大的吸引力，但孙权并不是一个轻信的人。

他设了丰盛的筵席款待这个传说中的人物，举樽问："可否请教战事？"

座上的白袍似铺展着终年不化的积雪，那双似笑非笑的眼睛扫过满座狐疑打量的视线，铿锵清晰道："乐进李典当破管承，于禁平昌狶战于东海，雍州兵讨张猛。"

几个月后，一语成谶。

东吴重臣朝野震动，孙权以子侄之礼拜见明净。少年帝王急切地想要知道更多，东吴的命运，北边的战事。

"我不问天下。"明净并不给孙权颜面。

"那您为何要来我江南？不是看好东吴吗？"孙权从容不迫地说。

"东吴？"明净突然笑起来，"你太自信了。我来，只是因为一个人——"明净将手指按在掌下的五弦上说："听说周郎顾曲，国士无双，我只是为这一抹世间颜色而来。"

可周瑜并不在朝中，他正率兵征讨江夏黄祖。又一场年轻的功勋席卷江南的水域，跃马扬鞭驰骋在百姓的期待中。东吴人听到他的名字时神色都恭敬，但显然还不止这些。这个祖父和叔公皆为东汉太尉的贵族士子，美姿容，精音律，多谋善断，是乱世刀血中最洁白的神话。

吴侬软语唤出"周郎"时，温柔亲切熨帖人心。舒袍广袖琴曲，将军马背箫歌，几乎会让人们忘记还在进行的战争。

神秘的预言者明净，为他而来。

但最终，周郎并未带着一身沙场秋点兵的锐利飒爽，策马而至——

六

我第一次见到周瑜时的情形，实在有些可笑。他一身寻常装束，在为几个孩童摘柿子。

宽大的衣袍下摆被扎起，他利落地爬上柿子树。在一片稚嫩的欢呼声中，地面下了一阵有香气的金色果雨。

树叶之间的阳光斑驳在他骄傲的笑容里，我不能不承认这是一道别人永远无法模拟的风景。周瑜的琴歌，未必只在弦上。

"明净先生，久仰了。"他跃下树来，看人的眼神明锐，好似太阳照过的坦荡大地。我想起另一个人，笑起来如同阳光照过湖水，试图探寻他内心的目光都会被温和的折射回来。他也给过我和师父关于柿子的期待，只是没有兑现。我想，即使有这样的机会，他也会造出精妙的工具来打落柿子，而不会像周瑜一样爬上树去。

"你叫我先生？"我注意到他奇怪的称呼。

"主公敬你为天下名士，我自然叫你先生。"他毫不在意的把衣袍上的结打开，潇洒的掸去上面的尘土和树叶："明净这个名字很有意思，但并不适合你这样的女子——太重的禅意让人觉得你不再年轻。"

"你不如叫我明净禅师吧。"我冷笑着昂起下巴说，"反正我是一个怪力乱神的预言者。"

"这样子——"他突然笑了，"好吧。"

我气结。

"听说你来东吴是为了我。"他自自然然地提到这个话题，没有一丝窘态，"我想一定有什么特别的原因吧。"

"只是听说你长得有几分姿色，好奇罢了。"我"哼"了一声。

"还有吗？"他的身材远比我高大，几乎遮住了我面前的阳光。

十七岁的我屡次被激怒，恶劣地提高声音："因为想看你怎么死的。"

刚说出这句话，我就后悔了。他似乎一怔，显然并没有轻视我的话。我眼神闪烁，不敢再看他。

他用力地拍了拍我的肩："呵，别介意。"

我突然有种想哭的冲动，如果不去看他骄傲明朗的眼神，其实很容易注意到他苍白的脸色，微微干裂的薄唇。那病态嫣红的脸颊像春天烧过的一场野火，美得惊心动魄。

"我想，你以前的名字也许不叫明净？"他捡起一个柿子扔给我，仿佛刚才的话题根本就没有存在过，那种闲适潇洒的意态真不像一个将军："不过，既然你愿意做禅师，叫什么也无所谓了。"

这就是周郎，敏锐而豁达的周郎，当他发现自己的好奇是别人不愿意说的故事，立刻轻松的放手，而且绝不让自己和别人尴尬。

与周公瑾交，如饮醇醪，不是没有原因的。

我的师哥也有让人如沐春风的眸子，但他谦和的性情得自于近乎苛刻的自律，千锤百炼，臻于完美。而周郎，是一块天生的玉石而已。

七

建安十三年，曹操屯八十万水军南下，直逼江东。

江南百姓和东吴王朝的坚持，与其说是战意，不如说是一个国家在濒危时最底线的尊严和爆发力。刘备的使者来了，得到了主战的鲁肃热情地款待。但朝中的意见并未统一。当诸葛亮轻摇羽扇登上东吴朝堂，两种极端的对立立刻表现出来。

这场朝堂论辩让孙权震惊，他觉得诸葛亮似乎很像某个人。

"先生能观天象，可知战事胜负几成？"在随后的宴请中，孙权老练地问道。

"胜算六成。"诸葛亮摇扇回答，"抑或九成。"

"何解？"

"士气三成，地利三成，如果能加上天时——再添三成。"诸葛亮微笑，"最后这三成可遇不可求。"

孙权点头称是。

这时，突然有人来禀："周都督回来了！"座下本来已有七分酒性的群臣都不自觉地坐直了，鲁肃正了正衣冠，又咳嗽了一声。

周瑜是相当洒脱的人，但人们不知为何都希望在他面前表现出最好的一面，这种魅力在沙场上已成为了一种可怕的力量——只要他出现的地方，士兵们都奋力冲杀，不计生死。

此刻，周瑜穿着来不及脱下的战甲，大步进入厅堂，玉色面容冷峻威严。

他先给孙权行过礼，觥筹交错的酒宴一时安静，大家似乎都在等待什么，只有伶人的乐曲没有停，琴女低头弹奏着《阳明春晓》。

"徵音高了。"周瑜听了一会儿，轻松地说。厅堂里人人都觉得心上一轻，周郎的微笑几乎化去了他们心上的阴霾。

"战事将近，不听这《阳明春晓》也罢。"他落座时扫视了四座一眼，吴国上下的臣将都觉得周都督看到自己了。几个主和的文官低下了头去，这一看似无心的顾曲，是说给孙权和他们听的。

"不如听《十面埋伏》？"鲁肃高兴地建议。

周瑜自斟了一盏酒。

"吴蜀联盟抗敌,但求同心,还是听《高山流水》吧。"诸葛亮站起身来,眸子如水明亮,"孙将军,能否容我班门弄斧,为诸君抚琴一曲？"他这话虽是对孙权说的,但眼神掠过周瑜的脸,微笑停留了片刻。

"如此甚好。"孙权立刻应允。

一曲终,周瑜率先击掌。片刻之间,座中顿时响起浩大的掌声潮。

"好一曲《高山流水》,我敬你。"周瑜将杯中酒一饮而尽,潇洒光明的酒樽写尽风流,与诸葛亮儒雅的羽扇成了对比。

山高水远,星月辉映。

这是最纷乱的时代,也是最灿烂的时代。

八

我在东吴遇到了孔明师哥。事实上,这也是我留在东吴这几年的原因之一,我舌下藏着的那颗龙珠,很早就告诉了我这注定的一幕。但我还是奇怪地期待着,为师哥,也为周郎。或许因为他们的相遇是一场照亮乱世的火光,永远不会让人失望。

师哥比以前瘦了些,好在那双谦和的眸子还没有什么变化。我一眼就认出了他。

这是我在外面世界遇到的第一个也是唯一的亲人,我却没有特别激动。也许真的像周瑜说的,我十七岁就已经老了。

"师父去世了。"我冷淡地对他说。

孔明师哥的身形明显地晃了一下,我看到他的眼里隐忍着泪光。那一刻的真感情几乎要打碎我袍袖上的冰雪。

"他去世时没有痛苦。"我故作无所谓地说,转过身去。

"小矮子！"孔明师哥瘦削的手臂突然伸了过来,想要拉住我,或者是想要拉住在襄樊的旧时光，他的手指仿佛是剥过皮的雪白的树枝，经历了整个冬天的埋葬，瘦成了一管冰冷的坚韧。

我侧身避开，他正准备迈上前的脚突然踏空，跌倒在台阶上。

"我梦见自己带了柿子回去，但你们都离开了。"他的眼睛里重影叠叠，我从他的泪眼里看到了自己。心中的冰雪似被烫伤了一角，疼得我……再也挪不动脚步。

那晚，我们终于品尝到了一场渴望的酒醉。

我和孔明师哥一共喝掉了十二坛酒，他那样自律的人，醉到失去了所有的仪态："大梦谁先觉，平生我自知……"他唱起我从未听过的歌，踉跄的醉步似山野村夫。

我感到舌下的龙珠滚烫，但我又灌了一大口酒，任由那些血色的液体流入我的身体，龙珠仿佛也要滑进我的咽喉。我张开嘴吐出酒气："喏，师父给了我一颗龙珠。"

孔明师哥眼神蒙眬。

"这颗龙珠能看到别人的命运，看到敌人怎么到来，看到爱人怎么死去。"我的眼泪突然涌了出来，下意识地舔了舔嘴唇，"怎么会有这种东西，让人看到，却永远……没有办法改变。"

命运的甜酒或毒酒，都只给半杯啊。

师哥的酒意似乎还未全醒，但眸子已经清明了——他就是这样，意志永远走在身体的前面。所以在许多年后，他能在病重的折磨下六出祁山。

他突然掐住我的喉咙，我以为他要杀了我，因为眼前天旋地转，我整个人被翻过来，孔明师哥不知道哪里来的那么大的力气，用力拍在我的背上，龙珠"叮"地从我嘴里掉了出来，带着丝丝血迹。

含得太久，它快长进我的血肉中了。

在我爬起来之前，孔明师哥夺过那颗龙珠，猛然将它凑近烛火——珠子上舔起了火苗。

"你疯了！这是师父留给我的……"我要去制止，可师哥把那团火举到我够不着的高度，我用力地捶打他，却自己跌在了案前。

酒坛被我碰翻了好几只，发出巨大的碎裂声！好像冥冥中的命运突然被用力地打碎了，埋藏了我四年的坚硬冰雪和龙珠一起无声的燃烧，我喝的那些苦酒都从眼睛里汹涌出来了……

"忘掉龙珠，像以前一样活下去。"孔明师哥的发鬓都被映成了明亮的金色，与之强烈对比的是苍冷的脸庞，他也会恐惧，但恐惧不能阻止他的坚定。我这才发现自己从来没有真正了解过他。

泪眼中我看到他手指上的皮肤被烧红了，龙珠渐渐在他的掌中化为黑色的粉末，飘飘洒洒地落到他瘦削的肩头，几点暗红的火星用最后的温度挣扎着，像拼命窥视世界的眼睛，但终于熄灭了。

我愕然地瞪着他。

"你和师父不一样，也和我不一样。忘了龙珠，像以前一样生活。"

尾声

赤壁的大火终于点燃了。

它燃烧成一个伤疤，镶嵌在盖世英雄曹操的横槊悲歌中，也凝结成一枚勋章，佩戴在东吴江南的土地上。

周瑜没有因此而骄矜，虽然东风十里，凯旋马蹄，舒城周公瑾盛开了自己最辉煌的年华。

他挽弓涉猎，在林场纵马驰骋。几个月前曹操一纸"会猎于吴"的战书将东吴上下逼入亡国的边缘，此刻的会猎却是在欢庆胜利——

明净皑执绺快马至周瑜身边："你猎到鹤了吗？"

"鹤？这种动物行迹孤僻，不易猎到。"周瑜回头，乌发中一根刺眼白色落入明净皑的眼中，她的眼睛痛了一下。美人如名将，世间无白头。

"你们就算猎到了鹤，也养不活它。它会不饮不食，七天即死。"明净皑像她这样年纪的少女一样快活地扬起马鞭，打过林场清新的空气。自从失去龙珠，她的笑容竟然渐渐萌芽。

"我从未想过能驯服鹤，主公恐怕也不抱这个希望。"周瑜轻松地抬手挽弓，美如雕塑的姿势里，一只大雁应声而落。

"人生若没有知己，实在是比死亡更无趣的事情。"他从箭筒里抽出另一只羽箭，"和最强有力的对手比赛骑射，哪怕被命运的烈马摔下马背，也比一个人孤单踟蹰精彩得多。"

明净皑微笑仰头，天空苍蓝如海。

龙珠能看到别人的命运，但没有了龙珠，她第一次发现，人生最强大美好的，原来是看清自己的心。

就像身边的那人一样。

– 完 –

鸡窝逸事

文 / 尼罗

一

从前有座荒山，山里有座破庙，这庙早在几十年前就断了香火，只因为木石顽强，还支撑着没有坍塌，然而这一年来，庙中又渐渐的有了几分活气，一位白袍飘飘的男子时常出入，可惜荒山实在是太荒了，连猎人都不肯往这里走，所以白袍男子活得很是寂寞。而为了排遣寂寞，他开始试试探探地往远走，先是进了村子，后是进了小镇，因他生得一表人才，又总将一身袍子洗得雪白，出门时还特地戴一顶红冠，越发美得像朵花似的，便勾搭得一些大姑娘小媳妇心旌摇荡，时常对着他飞眼。于是也没用多久，白袍男子的美名便在镇上流传开来了，又因他姓姬名英俊，所以女子们提起他，都唤他一声姬公子。

姬英俊公子在下山入世之前，并不知道自己人如其名、十分英俊，如今知道了，他立时得意忘形起来，终日摇着一柄纸扇招摇过市，东家的姑娘也戏，西家的媳妇也逗，终于引得镇上的正义汉子们义愤填膺，这一日在镇外堵住了他，汉子们一哄而上，摁了他就打。姬英俊冷不防地中了埋伏，一点准备也没有。汉子们碗大的拳头挟风而至，捶得他前胸后背咚咚直响，又有人一把扯了他的红冠，对着他的白脸啪啪就是两个大嘴巴。而姬英俊先是嗷嗷地痛叫，叫着叫着变了声音，从嗷嗷转为咯咯。最后一只大白公鸡忽然从人群之中飞了出去，汉子们先是一惊，低头再看，发现地上只剩了一件白袍，一条内裤，一双旧鞋以及一顶红冠。众人惊叹不已，纷纷感慨："怪不得他妖里妖气的，原来是只鸡精呀！"

然后众人再举目望向半空中的大白公鸡，就见那鸡体态健美，一丝杂毛也没有，它展开两只不甚大的翅膀，啪嗒啪嗒扇了一气，竟也摇摇晃晃地逃之夭夭了。

汉子们的目的是驱逐这一位风骚美男子，倒是没有和妖精做对的雄心，既然鸡精已经裸奔而逃，汉子们便各自收手，转而回家揍老婆去了。

再说这位鸡精修炼千年，长得骨骼坚韧，白毛之下一身腱子肉，看着不胖，其实体重很是可观。方才他逃命心切，拼了命地挥舞两只翅膀，及至飞过半座山，他回头一瞧，见身后早连人烟都没了，一颗心便是一松，同时就觉翅膀根子十分酸痛，饶是使出吃奶的力气上下扇动，身体还是不由自主地向下沉去。姬英俊吓坏了，一边咕咕大叫，一边将两只翅膀乱扇一通，结果这下可好，他失了平衡，大头冲下地扎进了草丛之中。这草丛外表碧绿温柔，实则内含危险，居然藏了一块石头在里面。姬英俊的鸡嘴直直地撞上石头，他只觉脑仁一震，尖嘴险些碎了。

他痛叫着栽倒在一旁，用翅膀捂着鸡嘴，哗哗地流眼泪。一边流眼泪，一边又将翅膀用力地一扇——这一扇厉害了，他扇出了一条白光，待白光闪过，草地旁的大白公鸡不见了，取而代之的是恢复了人形的姬英俊。

姬英俊一丝不挂地坐了起来，嘴唇红肿，满口的牙齿也有些活动。含着热泪骂了一声，他伸手乱揪那丛野草，口中恨恨地说道："混账石头，连本仙的嘴巴也敢硌，看我不把你掏出来丢到茅坑里去！本仙——"

后半句没骂完，因为他的脸色一变，感觉自己是在草丛中摸到了个光滑温热的坚硬东西。另一只手也伸进去，他慢慢地从草丛中捧出了雪白的一枚大蛋。

这蛋的尺寸着实不小，比那大鹅蛋还要威武许多，蛋壳表面洁白细腻，微微地反射了阳光，光芒也是莹润的。姬英俊和它贴了贴脸，心里对它就有几分喜欢。

暂时忘记了自己方才受到的暴打与撞击，他捧着大白蛋站起身，环顾四周喊道："哪只野鸟胆子肥，敢在本仙的地盘上下野蛋？"

周遭一片寂静。

姬英俊等了片刻，又问："没鸟承认啊？那可别怪本仙不客气了！"

说完这话，他抱着蛋就往远了走，结果刚走了没几步，他迎面遇上一个扁嘴小脸的书生，那书生一见姬英俊，立刻抱拳拱手："哎呀姬兄，怎的一天不见，便变得如此洒脱倜傥了？"

姬英俊身体痛，又急着回家，所以对他没好气："瞎吗？我只是衣裳被恶徒扒去了而已。"

书生一听，当即展开双臂抖了抖手："哇呀，什么歹人如此胆大包天？"说完他又凑近了去看姬英俊的身体："姬兄，贞操尚存否？"

姬英俊大怒："闭上你的鸭子嘴！本仙法力无边，怎么会让凡人占了便宜去？再说人家揍我，是因为我魅力超凡，勾引了他们的老婆！"

书生抬手一摸下巴："哦？原来如此。不过姬兄你还真是天赋异禀，勾引了人家的老婆，自己反倒下了如此硕大的一枚蛋。"说完这话他弯了腰看："想来也是很辛苦吧？要不要卧床休息几天？"

姬英俊听闻此言，怒不可遏，当即低头狠啄了书生一口："放屁！本仙乃是如假包换的真公鸡，怎么会下蛋？这蛋是——是——"

姬英俊有心说出这蛋的来历，可又怕书生得知这蛋无主，会同自己抢，故而把蛋抱得紧了一点，他胡乱骂道："死鸭精，给我滚开！"

说完这话，他绕过书生模样的鸭精，踢着野草匆匆跑掉了。

姬英俊的家，自然就是那一处经了修缮打扫的破庙。到家之后关严了房门，他把大白蛋放到了床上，自己对着它思索："我是吃了它呢？还是孵了它呢？"

思索的结果，是他撅着屁股披了棉被，安安稳稳地趴伏在了木板床上，肚子底下藏着大白蛋。那蛋始终带有温度，让他坚信蛋中藏着生命。姬英俊自视甚高，对于本地的妖精们素来是不屑一顾，所以决定亲自孵只小鸟出来，给自己做伴。至于是什么鸟，那倒无所谓，横竖都是禽类。

二

姬英俊在床上撅了二十来天，每天只下床吃喝拉撒一次，真如女人坐月子一般，用棉被把自己捂得严严实实。结果他这诚心感动了天地，这一夜，他正趴在床上迷迷糊糊地打盹，忽然感觉身下一震，睁开一双朦胧睡眼向被窝里看了看，他随即吓得高叫一声——被窝里红光刺眼，竟是着火了！

一翻身跳到地上去，他撤下棉被用脚乱踩，然而棉被本身连个火星都没有，倒是床板上红光依旧，姬英俊定睛一看，这回彻底傻了眼。原来发光的并不是火焰，而是那枚蛋！

那蛋自内向外透出红光，同时噼啪作响，蛋壳上出现了明显的裂纹。姬英俊惊得肝胆俱裂，将双手环抱在胸前，瘫坐在地，两条腿软绵绵的动不得。忽然间，那蛋壳碎得脱落了一片，一个湿漉漉的小脑袋伸了出来，眼睛还闭着，可是黄嘴丫子张开来，发出了很细弱的鸣叫声。

姬英俊壮着胆子凑上前去，用手指在那蛋壳上又叩了叩，结果蛋壳被他叩得变了形状，仅靠壳内一层薄膜连着，没有彻底破碎。而壳内的小鸟慢吞吞地挣扎着爬出来，姬英俊看在眼中，当场惊叹了一声。

他孵出了一只五彩金翅鸟！

这鸟究竟是什么品种，他说不好，可若论美丽的程度，它称第二，没有人敢称第一，包括自我感觉极好的姬英俊。小心翼翼地把它捧到了手里，姬英俊非常满意，心想这才配做我的知音。要不然自己天天和些贫嘴的鸭子混在一起，如何受得了？

姬英俊尖起嘴巴拱了拱它的小脑袋，心中充满爱意，决定让它跟着自己姓姬，至于名字嘛——就叫大美吧！

姬英俊把小小一团大美放在自己的枕头上，自己心急火燎地找出一件旧白袍穿上，要出去给大美捉两条青虫回来吃。然而青虫们一个个都不是好东西，明知他这位大鸡精要来捉，居然不肯主动贡献上来，还各自都藏了个无影无踪。姬英俊在草丛树木上乱翻了一气，末了捉了一条五色斑斓的肥虫回去——这肥虫过两天就要结蛹化蝶，现在正是吃它的时候。

然而姬英俊捏着肥虫刚一进门，便又吓了一跳，手指下意识地用了力，他险些把肥虫捏爆。

原来床上的小鸟崽不见了，多了一只大花雀。

从大花雀的五彩金翅上，姬英俊认出了它的真身："你……你是大美吗？"

大花雀"叽"地叫了一声，像是回答。

姬英俊凑上前去："你长得怎么这么快？"说着他把肥虫送到了大花雀的嘴边："给你吃。"

大花雀当即扭头一躲，不肯吃。

姬英俊将肥虫捏了捏，向它展示虫身的肥美与弹性："怎么不吃？很好吃的。"

大花雀把头又扭了扭，是坚决地不肯吃。

姬英俊恍然大悟，出门将肥虫弹出十米开外，他又摘了些草籽和小野果子。将这点东西用双手捧着回到了房内，他望着床上情景，又"咕"地鸡叫了一声。

大花雀不见了，或者说，小鸟崽又长大了，从大花雀变成了小公鸡。

"大美！"姬英俊带着哭腔唤道："是你吗？"

大美转向他，一点头，脑袋上已经立起了一撮金色羽毛，颤巍巍的是个冠子，可见他还是一只雄鸟。

姬英俊将手里那一小捧草籽果实送到他面前："那这点东西，还够你吃吗？"

大美一声没出，只见一个璀璨的脑袋伸过去乱点一气，转眼之间，姬英俊的手里就被他啄空了。

从这天起，姬英俊就有了永远也干不完的体力活：喂养大美。

万幸，大美长到床板那么长时，就不再继续生长了，但是饭量很可观，并且只吃素、喝净水。不过是三天的工夫，他成长完毕，开始学着姬英俊说人话，学了一天，他卧在床板上，已经可以侃侃而谈，并且一点也不乖。姬英俊站在门口，大声地对他指手画脚："喊爹！我是你爹！"

大美眼皮都不抬，直接展开缤纷的大翅膀，用翅尖把姬英俊拨得一晃，然后一翅膀把他裹到了床上："吵死了。"

姬英俊躺在大美温暖的大翅膀下，伸出一只手一扇大美的后脑勺："混账！本爹辛辛苦苦地把你孵了出来，你这孽禽还敢不孝顺我！"

大美懒洋洋地答道："谁让你孵了？你肚子里叽叽咕咕总是乱叫，我在蛋里都要被你吵晕了！"

姬英俊气得打了一声鸣，当即化身为鸡，扑在大美的后背上乱啄了一气。大美很舒服地趴在床上，权当他是在给自己抓痒。

姬英俊当大美是自己的儿子，尽管大美并不很承认。大美成长得太快了，不出几天的工夫，他就对姬英俊的父亲身份提出了质疑："为什么我们两个长得一点儿也不像呀？"

姬英俊有些心虚，但是效仿鸭精，死鸭子嘴硬："怎么不一样？都是有羽毛有冠子的，一模一样的嘛！"

大美回头啄了啄自己翅膀上金光闪烁的小羽毛，然后说道："那我怎么比你大这么多？"

"因为……因为你娘是只番邦鸵鸟。"

"我们的羽毛也不一样。"

"你娘是只花鸵鸟。"

"我觉得我比你漂亮。"

"咕！放鸡屁！你爹我是山中第一美公鸡，你这做儿子的，哪里比得过我？"

大美被他驳得哑口无言，决定睡觉。他睡，姬英俊也睡，大美展开一侧翅膀，低头把脑袋藏到翅膀下面，人形的姬英俊面向他侧卧着，拿翅膀当被子盖，嘴唇就贴着大美的后脑勺。

一觉又一觉地睡下来，姬英俊渐渐地越来越喜欢大美了。尽管大美成天懒洋洋的只知道吃，偶尔出门飞一飞，又因为翅膀太大，起飞时必定扇得地面尘土飞扬，呛得姬英俊直咳嗽。

姬英俊这一回是不寂寞了，但是也有另一层新烦恼——扁嘴的鸭精偶然见到了大美，又得知大美乃是姬英俊亲自孵出来的，便四面八方地大肆宣扬，说姬英俊其实是只阴阳鸡，自己偷着生了个杂种儿子。那杂种儿子如同一只硕大的外国鸡，真不知道姬英俊之前到底有过什么艳遇——不管是什么艳遇吧，这位姬兄的口味都实在是够重了。

姬英俊对鸭精深恶痛绝，却拿他一点办法也没有。他自觉着一世英名尽毁，便羞愧得不敢往远走，成天只在破庙附近活动。活动得累了，他便钻到大美的翅膀底下睡大觉去。

这一日，他睡着睡着，忽然在梦中醒来，心中生出了一个念头。掀开大美的翅膀露出头，他毫无预兆地问道："大美，你不会是只凤凰吧？"

大美半睁着眼睛："唔，凤凰是什么？"

"一种神鸟啊！我越看你越觉得像凤凰，你不会——"

大美虽然年纪幼小，但像是已经活过几千年了似的，非常淡定："是就是嘛！不过公鸡和鸵鸟会生出凤凰吗？"

"那……" 姬英俊拖了长声，不想说出真相，怕大美知道自己不是他的亲爹，会抛下自己飞走。

大美扭头用尖嘴轻轻啄了啄姬英俊的脑袋："爱是什么就是什么吧。"

姬英俊一想也对，就钻回大美温暖的翅膀底下，很舒服地又睡了。

好日子过了许久，这一天，到了头。

这天的早上和其他所有的早上一样，姬英俊懒洋洋地躺在大美翅膀底下伸懒腰，大美哈欠连天，支使他这位爹出去给他觅食。他爹一听他饭量这么大，当场就想骂人，然而话还未出口，破庙的庙门忽然开了，两名青年无声无息地走了进来。

姬英俊吓了一跳，慌忙坐起身来，又抓过白袍匆匆地穿了上："喂！你们是谁？进门连个招呼都不打吗？"

两名青年全穿着缤纷璀璨的华丽服装，一眼看见了床上卧着的大美，两名青年的眼睛全亮了。其中一人转向姬英俊，彬彬有礼地说道："鸡仙大人，在下贸然登门，实在失礼，还望鸡仙原谅。"

姬英俊又吓了一跳："你知道我是鸡？"

青年不接他的话，自顾自地又道："我们来自天山凤凰宫，来寻找一枚遗失于人间的凤凰蛋。没想到这蛋已经孵化成鸟，现在就请鸡仙让我们把他带走吧！"

姬英俊呆呆地看着他们："你们……是凤凰？"

两名青年一起点头。

姬英俊又问："大美……也真的是凤凰？"

两名青年迟疑了一下，再次一起点头。

姬英俊跑到床边，张开双臂挡住了身后的大美："不行不行，大美是我的！" 然后他又回头问大美："你愿意和爹在一起，还是愿意和他们走？"

大美想了想，末了淡淡地答道："懒得动，还是跟你在一起吧！"

姬英俊面向两名青年，大声反问道："你们都听见了，还有什么可说？凤凰宫了不起啊？你们要是敢强抢民鸟，本仙一样把你们啄死！"

三

姬英俊这些天为了养育来历不明的大美，堪称是耗费心血无数，所以想让他把懒惰的大美拱手相让，他是坚决不肯的。两只眼睛兵分两路，他一边瞄着前方两名青年，一边瞄着床上的大美。大美扭头用尖嘴戳了戳后背的痒处，然后向下一趴，眼皮垂下去，遮盖了半个清澈的大眼珠。

两名青年似乎是并没有和姬英俊讨价还价的意思，其中一人张开双臂向上一跃，只见一道七彩光芒闪过，那人随之消失，一只身披彩羽的大凤凰挤在了门口，姬英俊吓得向后一跳："咕咕哒，你怎么这么大？！"

大凤凰张了张嘴，很艰难地挤出了一句话："你家的房门太窄，我卡住了！"

姬英俊刚要上前帮忙，然而一步迈出去，随即却又收了回来："又不是本仙请你来的，你卡就卡住了，干我鸟事？"

另一名青年一边向外推着大凤凰，一边面红耳赤地答道："他是我们凤凰宫的子孙，我们当然要来寻找他！"

姬英俊反唇相讥："哼！你们既是如此担心他，当初为何又要把他抛弃！"

那名青年怒道："哪里是我们要将他抛弃？是他的母亲在身怀六甲之时从北海飞回凤凰宫，半路突发意外，让他在半空中落到了这座山中。"

姬英俊将这句话细想了一番，越想越邪，末了捂着嘴扭过头，咕咕咕地偷笑了一气。随即正了正脸色转向前方，大义凛然地骂道："连个蛋都憋不住，想他母亲也不是什么好鸟！"

这时大美忽然开了腔："不是番邦鸵鸟吗？"

姬英俊当即抬手一指他："闭上你的鸟嘴！"

大美不感兴趣地把头往翅膀下面一藏，摆了个睡觉的姿势，当真是把鸟嘴闭严实了。

这时大凤凰被门框挤得摇头摆尾，一时间忍无可忍，索性叫道："你到底帮不帮忙？你若真要袖手旁观，别怪我不客气，振翅毁了你的庙宇！"

姬英俊冷笑一声："吹你的牛——"

话未说完，他就听轰隆一声巨响，眼前登时烟尘弥漫。抬手在鼻端扇了扇，他咳嗽气喘地重新睁了眼睛，就见眼前一片光明，前方的一整面墙都倒塌了。大美从翅膀底下抬起头看了看，则是一脸不满，但也没说什么，只又把脑袋藏了回去。

这一回，姬英俊正是见识到了凤凰们的厉害。他慌忙冲到床前趴到大美身上，愤愤然地瞪着那青年与凤凰："老子为了孵他出来，肚皮都捂出了痱子来，那时候不见你们接他走。现在他都被我养到这么大了，你们倒想来抢他了！哼，我告诉你们，没门！除非——除非你赔我一个儿子！"

凤凰一身灰尘，对着姬英俊一点头："没问题，我这就去给你捉一只鸡仔回来！"

"好啊！"姬英俊大声吼道："那你就捉一只和大美一样的鸡仔回来给我吧！"

青年与凤凰答应一声，相携而去。大美这时在翅膀底下开了口："爹，你要把我压扁了。"

姬英俊趴着不动，心里很惶恐："大美，他们要是真的把你抢走了，那我可怎么办？"

大美答道："你就当我不曾出现过好了。"

姬英俊听闻此言，气得翻身跳下去："这么无情无义的话你也说得出来！果然不是个好鸟！"

姬英俊说完这话，开始赌气。

他坐在一截断壁上，把一头乌黑长发全抓散了披到脸上，鬼一样的一动不动。大美看着他的背影，看了半晌，终于十分罕见地起身下床。五彩羽毛下露出两只玉雕一般的白爪子，他走到姬英俊身后，对着他的后背啄了啄。

姬英俊不理他。

大美绕到他的面前，又探头啄了啄他的鼻尖和嘴唇，然后问道："你说你是修炼成这个形状的，那我什么时候也能像你一样，一会儿做鸟，一会儿做人呢？"

姬英俊看了他一眼，随即又低下了头："你和我怎么一样？你是凤凰，是神鸟，我只是个鸡精。"

"神鸟和鸡精有什么区别呢？"

"是天和地的区别。我已经是天下最英俊的大公鸡了，可是和你一比，就像一只白老鸹一样。"说到这里，他叹了一口气："说实话吧，其实你并不是我亲生的蛋，我的确是从草丛中把你捡回来的。"

大美想了想，然后认真地说道："可是你对我很好啊！"

姬英俊悲哀地垂下头："因为我太寂寞了，我想养了你做伴。"

说完这话，他伸手摸了摸大美的脊背："不过，你要是真的想和你的亲人们一起走，我也不会阻拦你。我又不是没有一个人生活过，我独自活了几百年，不是也好好的？"

大美听了这话，一跃而起上了墙头，在姬英俊身边蹲了下来："既然如此，那我就不走了。谁知道凤凰宫是什么地方呢？万一没有这里好，我不是要后悔了？"

姬英俊沮丧地摇了摇头："凤凰宫一定是好的，像我这样的鸡精，一辈子都没有资格进去。"

大美略一思索，末了答道："你说得也对，既然如此，那我还是去吧！"

姬英俊万没想到大美如此听自己的话，气得当场哀鸣了一声。

姬英俊心情郁闷到了一定的程度，开始打嗝，正在他打得上气不接下气的时候，那两名青年回来了。

两名青年说到做到，将一只五彩斑斓的鸟儿送到了姬英俊面前："鸡精大人，请笑纳吧。"

姬英俊带着哭腔"喔"了一声："这是一只野鸡嘛！"

青年捏着野鸡膀子，把它放到大美身边比较："您看，它除了比我们凤凰一族小了几号之外，其余各方面，还是比较像的嘛！"

姬英俊长叹一声，扭头去看大美："真走哇？"

大美睡眼蒙**眬**地一点头。

姬英俊以手捂脸，起身扭头就跑到林子里去了。跑出老远之后，他忧伤地停了脚步转过身，仿佛是看到远方有金光一闪，也仿佛是没看到，不能确定，因为眼中有泪，看什么都是模模糊糊的了。

四

午夜时分，姬英俊鼓足勇气回了破庙，如他所料，破庙里空空荡荡，少了大美和一堵墙。

长吁短叹地躺回床上，他打了个滚，白袍子上粘了无数细小的绒毛，都是大美留下来的。他拈起一根小羽毛在月光下看，就见那羽毛流光溢彩，也说不清是什么颜色，随着他的转动，什么颜色都闪现出来了。

于是姬英俊就彻底失眠了，无论如何不能忘记懒惰贪吃而又美丽的大美。

连着失眠了不知多少天，姬英俊瘦了一圈。他无心重修庙墙，人间的市镇对他也失去了吸引力。这一天他独自走到河边，想要捉几只小鱼吃，不料一柄折扇忽然敲了他的肩膀，他一回头，险些烦得栽进水里去——鸭精来了！

鸭精依然做个文生公子的打扮，扁着嘴向他笑问："姬——"

姬英俊状如疯狗："姬你个鸭子头！"

鸭精全然不在乎，自顾自地继续问道："姬兄好兴致呀，一个人在这里戏水。"

"我戏你个鸭子屁！本仙是要吃鱼。"

"呱！姬兄好食欲呀！也对，也对，听闻姬兄的养子被本家带走了，姬兄这些时日茶饭不思，也正应该进几条鱼，补养补养身体。不过姬兄也真是与众不同，竟能生生地孵出一只大凤凰来，这可真是，哈哈，了不得的本领啊！姬兄，实不相瞒，愚弟以为，以兄台这样高妙的本领，在这深山老林里做妖精实在是屈才了，不如寻访名山大川，专门给有缘人孵蛋。若是那有缘人不下蛋，那你给人家当当奶妈看看孩子，也是很不错的嘛！凤凰你都能养活了，还有什么是你养不活的呢？嘻嘻嘻！"

姬英俊霍然而起，一把攥住了鸭精的细脖子，大喊一声向前一抢，只听"啪嚓"一声水响，正是那鸭精被他生生掷到河里去了。然而鸭精天生就擅长游泳，在河水中打了个滚，他非常得意地挥动双臂，一边呱呱大笑，一边顺流而下去了。

姬英俊无端地被鸭精奚落了一顿，心中又窘又恨，鱼也不肯吃了，甩着袖子就想回庙里去。可是走出没有多远，一只手从后方又拍打了他的肩膀。他烦躁得攥起了碗大的拳头，回神对着来人便是当头一拳："我打死你这只臭鸭子！"

然而来人轻轻巧巧地一扭头，让他的拳头擦着耳朵边打了个空。然后抬手攥住了他的腕子，来人半睁着眼睛看着他，一脸麻木不仁的倦态。姬英俊上下点点脑袋，将这人仔仔细细地打量了再三，发现这人是个很陌生的大个子青年，相貌倒是异常的俊美，只是好像没睡醒。

"你、你是谁呀？"姬英俊问道。

那人微动嘴唇，似乎连说话的精神都没有了："大美。"

姬英俊当即又挥起了拳头："嗨！怎么着？一个两个的都来戏耍本仙了？你是大美，老子还是大浪呢！"

那人面无表情地咕哝道："就是大美，我回来了。"

姬英俊一听这话，愣住了，伸手摸了摸这人的肩膀手臂，他不能相信："不对——我家大美还没有修炼出人形呢，我家大美是只凤凰鸟呀！"

那人打了个哈欠："谁知道呢？反正有一天不知道是怎么回事，想变成人就变成人了。据说再过几天，我还能喷火。"

姬英俊真惊了："你真是大美？你变个大美给我瞧瞧？"

那人闭上眼睛，"咣当"一声向后一仰，却是砸出了一片七彩霞光。待到光芒散尽，那人不见了，地上多了一只半大的凤凰。这凤凰扑散着翅膀卧在草地上，一个脑袋一颤一颤地往下点，点着点着脖子一软，他把脑袋藏到翅膀下面去了。

姬英俊盯着凤凰，愣了许久，忽然欢喜地大叫一声，他弯腰抱起凤凰，紧紧地搂在胸前："大美！你真是我的大美！你不是回凤凰宫去了吗？怎么又回来了？"

大美很慵懒地答道："我没说不回来呀！是你说凤凰宫很好，让我去看看的。我看过了，当然就回来啰！"

姬英俊跑向破庙，一边跑一边又迎着风笑问道："凤凰宫是什么样子的？是不是真的很美？"

大美闭了眼睛："没觉得，到处都是金灿灿的，很无聊。"

"哈哈哈！总比我们的破庙好吧？"

"没感觉，反正在哪儿都是睡觉吃饭。"

姬英俊把大美抱回破庙，然后鱼也不吃了，觉也不睡了，开始吭哧吭哧地筑墙，飞快地将破庙恢复了原样，并且找来许多干草铺在床上，让大美睡得更舒服。

他这样开心，大美却是一副狼心狗肺的样子，毫无感动的表示。只是在夜里姬英俊挤上床时，他展开翅膀，将姬英俊盖了住。而姬英俊躺在温暖柔软的羽毛下，一瞬间就睡着了。

从此往后，姬英俊这位鸡精大人过起了团团乱转的忙碌生活，因为他的凤凰儿子懒惰得出了奇，每天除了吃就是睡，偶尔同他这位贤爹说几句话，还都是冷血无情、令爹伤心的话。于是姬英俊偶尔也揍凤凰儿子一顿，但是不敢狠揍，怕把凤凰儿子打跑了。

但是姬英俊很快乐，为什么快乐呢？他自己也说不清楚。这就好比他很喜欢大美，可大美身上有什么优点呢？他也说不清楚。

- 完 -

当年明月在

《名流巨星》番外篇

封云工作室 出品　原作—青罗扇子　漫画—言喻

战争爆发——一统魔界,
堕天间,
踏平人现在又带领千万魔众
仙界魔殿杀往仙界——

跟随本殿——
杀他个
片甲不留!

已经都……
忘记了么——
曾经的情同手足……

堕天……

自幼一起
　　长大的两人——

多少次堕天碩岁
　　　不堪惹是生非，
云闲就多少次
　　　为他收拾乱摊子。

他打架，
他就为他道歉；

他偷鸡蛋，
他就悄悄在后面
塞窝窝头补偿；

他不小心把月老
的雕像打破了，
他就把兔儿神庙的
兔儿神给搬了过来……

我堕天对月发誓！
今生今世绝不
与云闲对敌！

若违此誓！

便是死——

若违此誓……

堕天!

为什么!

你不是恨我吗?

我当然恨你,你不要自作多情……

我现在……只是魔头一个。

死了,这世间从此也就安宁。

你我约定过，
我们是一辈子的好兄弟。

永远在一起！

等了一百年，你没有回来。

等了二百年，
曾经那个兔儿神神坛也不在了。

等了五百年，
这世间只剩我一个人
保留我们的记忆……

我等了一千年……
自堕成魔，
只不过想以这种方式，
跟你再在一起——

泼墨苍穹，
红色的火莲漫天绽放。

千山剑气，
你凛冽的眼。

御剑而行，
行不过心底的过往。

剑锋轻颤，
却颤不动那些心悸的容颜。

挽歌一曲/
赠桃花下的少年结义/
挽歌一曲/
赠所有随风泯灭的誓言/
挽歌一曲/
赠灰飞烟灭峥嵘过后的明月当年……

·剧终·

《灰塔笔记》
安得蒙角色图

这幅空灯流远《灰塔笔记》的安得蒙角色图（已得到原著授权）。当年小说看了一宿，不管是小说剧情还是图灵的故事都直戳我的萌点，萌虐萌虐的……制服控的我第二天就画了，最好看到的人都来看这文。（其实此货近期正在沦为无可救药的声控路上越走越远……）

May I

use your

lighter, mister?

夔 绘 / 花洒清明

如果爱是一场残酷的龙卷

风／我愿与你一同被卷入永寂

风眼／因为那是爱的眠地

——《名流巨星》角色图

花酒清明有话说：

"看了文案就会想到大海啊，岛民啊，这种感觉。"

鹤 绘 / 韦应悟

有一天少年误入了神秘花园，然后就看到了小精灵。精灵对其一见钟情，还把自己的好朋友变成了一朵玫瑰花送给他。

初色堂

编绘／三千笑容

人类社会中有着许多光怪陆离的物种，

它们有些是人类的宠物，有些竟生于人类，

有些则伪装成人类，

还有一些喜欢躲在黑暗中窥伺……

啊！

哈哈哈……

咦?

还以为是个女孩子，原来是个男生？

唔……

呕——！

喂，我的衣服啊！

一股酒味。

呃~

你家住在哪里？

我送你回去。

初色堂？

初色堂

噗

咔

真是家奇怪的店。

拉……

别走！

嗳？

咦？！

咦咦咦！

……

那是我的钱包！
你你你……

好人做到底，
既然你都送我
回家了，

那就不能看着
我饿死吧？

你刚才不是喝醉了吗？怎么还会饿死？

你是怎么活到现在的啊？

其实我已经两天没有吃饭了，

去喝酒也是别人请客我才去的。

我说你啊……

你不会是喜欢男人吧？！

怎么可能呢！我对男人没兴趣的！

……

咳咳……

还没问你叫什么名字。

我叫初凡，是初色堂的老板，你好。

我叫叶梓城。

那么……作为你帮助我的报答，

欢迎以后常来店里玩。

就这样，再见。

咦咦咦！

请问，初老板在吗？

你这个人！

推开。

一边去。

你好，客人，我就是初老板。

你、你好。

我叫朱琪，朋友介绍我来这里找你，

他说初老板非常厉害，可以帮助我。

哦哦，你朋友说的真是太对了！

明明连自己都养不活了，完全不靠谱好吗！

脸红！

103

事情是这样的……

我因为长相的原因，在之前的公司一直被欺负。

我男朋友看不下去，就叫我辞职去他的照相馆帮忙。

他帮客人照相的时候，我就在边上做他的助手，日子过得也算幸福。

直到那一天……

啊，小琪，你的鞋带松了。

我来帮你系上。

我是你男朋友啊，害羞什么。

喂，谁把垃圾丢我车边？

不用啦习冉，这么多人……

哇！这女人好丑！

怎么会有这么难看的女人？

呜～

小琪……

不许你这样说我的女朋友！

啊啊？

再敢说我女朋友，我就揍你！

小子，你说什么？

找死！！

啊！

我们走。

我的眼睛好痛……

啊！！

啊

习冉！
你的眼睛！

习冉！

后来习冉的眼睛虽然恢复了，
但是也花光了我们两人的积蓄。

照相馆的生意因为那个人的捣乱
变得越来越差。

每天都有不同的人来骚扰我们，
把好多客人都赶走了。

这一切都是我的错！
如果不是我的长相，习冉也不会
遇到这种事情。
他会过得更开心，过得更好。

我恨自己的弱小，奢望着奇迹能够降临。
为什么上天不给我一个美丽而强大的身体。

我要找到那个罪魁祸首，
让他得到他该有的惩罚！

不要让仇恨迷惑自己。

每个女孩都是一朵娇艳的花朵。

你只是还没有到绽放的时候。

既然你找到了我，就说明老天还是厚待你的。

我会帮助你实现愿望，让你脱胎换骨。

喂，你不会是想找人教训那个官二代吧？

怎么可能？

这么笨的办法已经没人会用了。

话说你怎么还不走？

我好歹是你的恩人吧？就用这种态度对我？

再说你要是做成这笔生意，就可以把钱还给我了，

我总要在边上看着吧？

切，小气！

请问……

客人请先等一下，待我准备准备。

片刻后。

……这就是你所谓的办法？

来吧、客人。请坐到水晶球的对面。

只要闭上眼睛，马上就可以实现你的愿望哦~

还说不是骗子！

一颗玻璃珠怎么可能实现愿望？！

小姐你可千万不要被骗了！

你再打搅我做生意，我就把你赶出去！

像你这种骗女孩子的手法，我见多了！

小姐，我看你还是另外找个可靠一点的人帮你把……

请相信我——

请相信我！

我是绝对不会欺骗客人的！

唔——！

……

我相信初老板！

啧！

……闭上眼睛……

想着你的男朋友

想着与他的美好生活

每一个幸福的细节……

释放自己的心灵……

你对她做了
什么？

等一下你就
会知道。

唔……

你醒了？

啊啊啊……

？！

这……
这是……
我吗？！

怎么可能？！

这是在做
梦吗？

怎么会
这样？

变化太大，果
然接受不了吧
……

简直太棒了！

找初老板果然是正确的！

喂喂——

哈哈~

哈哈……

好开心！

整个人都好轻盈，就像重生了一样！

我怎么哭了？

嗳？

一定是太开心了……

呜呜……

……

这下子再也没人会嘲笑我的长相了！

呜啊啊啊

你是怎么做到的？

心理暗示加上化妆。

这怎么可能是化妆！
明明就是换了个人啊！

老板，真是太谢谢你了。

这位小姐，这明显不正常好吗！

你的样子完全变成了另一个人啊！

为了习冉，我变成什么样子都没关系。

以前都是习冉保护我，现在他由我来守护。我要利用女人的武器，好好教训那个官二代！

......

再次感谢你初老板！

不用客气。

她真的没问题吗？……就算变得再漂亮，也斗不过官二代的吧？

那个妆容两个月后会过期就是了……

什么？过期？！坑爹啊！

那她会变成什么样子？

自信的女人是无敌的，相信她吧。

顶多眼睛会歪一点，鼻子会掉下来而已。

不过……

那不是和妖怪似的？！

她本来就是妖怪啊！

她是猪妖来的说，一种很弱气的小妖怪。

虾米？！

那、那你怎么知道的？

嗳？我什么？

呃呃呃！

话说一会儿请我吃饭吧，我饿了。

请你个猪头！快还我钱！

这个城市每天都上演着一幕幕奇异绚丽的故事。

人类和那些未知的事物们也依旧和平地相处着。

熊，绘 | 流水画

麋 绘 / 流水画

鹤绘 / 清羽

妖怪学院事件簿

撰文／风似月

这趟航班上的人……颇不简单。

秦亦凡坐在座椅上，谨慎打量着周围的乘客。

做了十几年平凡人，却在升高中这年，被父母一脸凝重地告知"其实你不是人类，你是我们妖族高贵的天狗族后代"。并要求转入妖界高中就读后，秦亦凡的整个人生观都要变得不好了。

他无奈地托着头，眼角余光飘向前排座位上那位仁兄黑漆漆的斗篷——明明是盛夏，包裹那么严密是想要做什么啊？

刚这么想着，就有一队西装革履的男人占据过道，挡住了秦亦凡的视线。

"麻烦让让。"领头的男人发出沉闷声响，秦亦凡注意到，他露出袖子的手指竟缠满了绷带。

这……这是什么种族啊？秦亦凡不由打了个冷颤，这才想起自己为了去上那个什么妖界高中，登上了这班据说是入学考试的航班。

也许，周围这些全都不是人！

"你在想什么？"一个声音突兀响起，秦亦凡愕然回头，就看到空少近在咫尺的英俊脸庞。

"这位乘客，第一次搭乘这趟航班吗？"空少直起身子，变魔术般拎出一罐红牛，放在秦亦凡面前的小桌上，"请保持体力，会有无尽惊喜等待着您。"

"谢……谢谢……"但为什么听他这么说，心中却升起不怎么好的预感呢。秦亦凡一点都不觉得自己会喜欢什么"惊喜"。

就在这时，前排的斗篷仁兄突然站起，对着空少大叫起来："喂，那边那个，过来！"

"这位乘客有什么需要吗？"空少向秦亦凡点点头，走向前排。

"你！你们——这里竟然有苍蝇！苍蝇！"斗篷兄近乎神经质地指着机舱中嗡嗡飞

动的苍蝇，秦亦凡这才看到，他的手指苍白得几乎毫无血色。

"啊，抱歉。"空少闻言退后几步，拍了拍秦亦凡后排乘客的肩膀，"空辉，你的零食又跑了。"

"啊？"被称作空辉的少年茫然抬头，空少用手指了指船舱中飞舞的苍蝇。空辉的视线跟着空少移动，似乎终于看到了苍蝇的存在。

"哦。"空辉蓦然张口，细长的舌头如闪电般伸出，卷住在空中飞舞的苍蝇，直接送入口中。

秦亦凡与斗篷兄一齐张大嘴巴——他……他……他……他这是……是……把苍蝇，吃……吃……吃掉了？

"抱歉，给你添麻烦了。"空辉淡定地擦擦嘴角，没什么诚意地开口。

"知道麻烦就不要总是随身携带零食上机啊！"一直行动文雅的空少忽地变脸，他伸手往后背一抹，竟拿出一只造型诡异的三叉戟……没错，那东西虽然是迷你版，但分明就是三叉戟的模样。秦亦凡下意识的揉了揉眼睛，就看到看似文雅的空少提起空辉的领子，将他拎在空中。锐利的三叉戟横在少年颈边，空少露出了充满恶意的笑容。

"空辉，以海神之名涅普顿起誓，如果下次你再带苍蝇进来，我就把你碾成蟾蜍干，听到没有！"

"……蟾蜍干，不是用碾的。"空辉缓缓低头，看着卡在脖子上的三叉戟，注意到的重点完全错误。

"我就不该和你这个静态视力盲计较。"空少涅普顿将空辉扔回座位，转身整理了整理制服上并不存在的皱褶，脸上恢复得体的笑容。

变脸之快，简直犹如神经病一般。

似乎察觉到了秦亦凡的视线，涅普顿倏然回头，冲他一笑："飞机即将起飞，请系好安全带。"

"哦，好。"秦亦凡糊里糊涂地点头，手摸上安全带，才发现自己早已系好。

刚一抬头，便看到斗篷兄近得快要凑到自己脸上的大头。

"喂喂喂，你看到没有，那个家伙，刚刚把苍蝇吃掉了耶。"斗篷兄用一种梦幻到不可思议的神情盯住空辉的嘴巴，绿色的眼睛中充满震惊。没错，这位斗篷兄正是一位金发碧眼的外国友人。

此刻被外国友人打量的空辉在消灭"零食"后，瘪了瘪嘴，又陷入半梦半醒之间。

"你猜，那个家伙是什么族的？"斗篷兄绿色的眼睛紧盯着空辉，似乎看到了什么神奇的存在一般。

"刚刚的空少不是说要把他碾成蟾蜍干么？估计他的原形是蟾蜍吧。"被斗篷兄的八卦精神感染，秦亦凡说出了自己的猜测。

"原来如此。"斗篷兄露出恍然大悟的神情，终于将眼神从睡着的空辉脸上"拔"开，扫向秦亦凡，"你真是太聪明了，兄台。呃，你们这儿是流行这么称呼吗？"

"呃，不，早就不流行了。兄弟……"秦亦凡嘴角抽搐着说道。

"哦，好吧，兄弟。"外国人朝斗篷兄摊摊手，表示自己是很入乡随俗的。

所以你究竟是想说什么呢？秦亦凡在心中暗暗吐槽。

"相逢即是有缘，我是高贵的血族第三十三代子爵伊休尔·德古拉，兄弟你呢？"外国友……妖伊休尔向秦亦凡伸出了友谊之手。

"秦亦凡，呃，很高兴认识你。"随着两只手交握，秦亦凡收获了得知自己非人类后的第一个朋友，身份貌似是……吸血鬼一只？

友情技能成功增长后，伊休尔仿佛打开了话匣子一般，开始滔滔不绝地倾吐自己对"中土大陆"各色法术精怪的向往，对中华美食的无限向往，以及对新学院的无比期待……

等等，新学院？秦亦凡的耳朵从一堆废话中捕捉到重要信息。

"你也是来参加入学考试的？"

"哦，难道你也是？"伊休尔的眼神迅速从"结识新朋友"升级到"他乡遇故知"。如果不是安全带的束缚，秦亦凡相信他很愿意翻个跟斗表现自己的兴奋。

既然不能翻跟斗，伊休尔只能通过言语来表达自己的兴奋之情了。言语之丰富，涉及面之广阔，简直令秦亦凡情不自禁想要捂住耳朵。

好在在他忍无可忍，险些暴起之前，起飞的广播声终于打断了伊休尔的滔滔不绝。

"喔喔喔"伴随着如同鸡叫般的诡异声响，这趟诡异旅程兼入学考试，终于拉开了帷幕。

而这时，伊休尔突然紧张地扶住扶手，脸色煞白地惊呼："天呐，真不愧是神秘的东方，如此震荡人心的鸣叫，一定出自高贵无比的大妖。"

吸血鬼的构造都这么与众不同吗？鸡叫声究竟是哪里震荡人心了？秦亦凡忍不住扶额。

不忍目睹新朋友的蠢样，他僵硬地将头扭向窗外，立即看到了震撼人心的一幕——一只手在敲击窗户！

这……这不是在空中吗？为什么……为什么会有人在空中敲窗，这不科学！

但旋即，急匆匆赶来的空少涅普顿令他知道，这个世界，就是这么的不科学！

涅普顿对他抱歉地笑笑，伸手在窗户上一抹，那只手竟穿越了窗口，进入机舱内。

秦亦凡瞪大了眼，简直怀疑自己身处恐怖片现场。

"不好意思，您旁边的客人迟到了一会儿。"涅普顿拽住那只手，将它的主人整个拉入机舱。秦亦凡就看到一位穿着雪白长裙的少女出现在身边的空座，还很自觉地伸手扣上了安全带。

"……"秦亦凡彻底无语，好吧，他现在真的深刻意识到，自己已经告别了前十几年的"普通人"生涯——这个世界，果然是不科学的！

这时候，伊休尔似乎终于从鸡叫带来的震撼中回过神来，神经兮兮地转过身，捅了捅秦亦凡，瞅了瞅淡定入座的少女，小声说："似乎是学院的前辈耶。"

"前辈？"秦亦凡打量了一下少女，纯白的头发，精致漂亮的脸庞，怎么看都比较像学妹而不是前辈吧。

"她的身上，有一股大妖的味道呢。"伊休尔神经兮兮地搓搓鼻子，脸上露出猥琐的笑容，"我们高贵的血族，可是对力量很敏感的。"

少女缓缓回头，仿若无机质的眼神与秦亦凡对上的瞬间，秦亦凡忍不住打了个冷颤。幸而只是一眼，少女便缓缓回头，对秦亦凡的存在视而不见。

隔壁坐着这么一位，感觉机舱温度都瞬间下降了。秦亦凡搓搓被冻出来的鸡皮疙瘩，还来不及说话，便感到身下座椅忽地一阵颤动，整个飞机以极为异常的频率颠簸起来。

伴随着机舱中突如其来的震动，飞机播报及时响起："请各位乘客系好安全带，飞机遇到不明乱流，请保持冷静待在自己的座椅上面。为了您和他人的安全，体型巨大的乘客请勿在机舱内变身。"

不愧是妖界航班，就连广播提醒都如此的……有内涵。秦亦凡双手紧抓扶手，不合时宜地想到。

"小心！"伊休尔的惊呼突然响起，秦亦凡反射性地回头，便看到一只火鸟越过无数座椅，向自己直冲而来！秦亦凡反射性地低头，火鸟从头顶呼啸而过，几根来不及落下的头发被那可怕的温度灼得卷曲起来。

　　火鸟长鸣一声，向着机舱最前方撞去。那里是——机长室！

　　秦亦凡猛然抬头，机长室如果受损，这架飞机会……

　　然而还没等这个念头从他心底划过，忽地，机舱尽头门帘大开，万道金光从门帘后飞射而出。秦亦凡下意识地闭上了眼睛，只听"砰"的一声巨响，待他仓促睁眼，只见到一根闪烁着金色光芒的长矛直直砸在火鸟头顶，火鸟悲鸣一声，瞬间消散。

　　一只手从门帘后伸出，长矛倏然倒飞，被主人抓在手中。身着制服的副驾驶掀开门帘，一脚踩上座椅扶手，大笑一声道："愚蠢的火鸟，竟敢在我马尔斯面前放肆。"

　　似乎，安全了，秦亦凡呼出口气。然而还未待他体会劫后余生之感，飞机突然剧烈震动起来。

　　"怎……怎么回事？"伊休尔的惊呼声响起，同时响起的，还有涅普顿气急败坏的叫声："马尔斯！你不是副驾驶吗！怎么又擅离职守！"

　　"欸？"副驾驶下意识地抓抓脑袋，凌厉之气瞬间退去，"看到妖怪，就忍不住……我这就回去。"

　　说罢，蹭蹭几步迈开，瞬间蹿进机长室。旋即飞机猛烈震颤片刻，终于恢复了平稳。

　　秦亦凡抓住左右扶手，用力喘息。这……这旅程委实太过刺激，让他这种在正常世界长大的高中生有种浑身发冷的感觉。

　　"阿嚏——"

　　秦亦凡打了个喷嚏，才发现原来寒冷之感不是自己的错觉，而是从邻座少女身上散发出来的。那少女精致眉眼间一片压抑之色，黑沉沉的眼眸紧紧盯着秦亦凡……抓住她座椅扶手的那只手。

　　"啊，不好意思。"秦亦凡反射性地抬起手，少女缓缓抬眸，眼光似乎在秦亦凡脸上掠过，接着转回头去，看向窗外。

秦亦凡下意识地吐出口气，被少女看着的瞬间，不知为何莫名有种后背发凉的紧张感。

"喂，兄弟。"伊休尔捅了捅秦亦凡的后背，小声凑在他耳畔说，"我好像猜到那位前辈的身份了。"他指了指看向窗外的少女。

"什么？"秦亦凡回头，却被一杯热腾腾的饮料挡住了视线。

"这位乘客。"推着推车的乘务员打断他们的谈话，将饮料放在秦亦凡面前的小桌上，"一杯红糖姜茶，驱寒保暖，很适合您现在的状况。"

秦亦凡下意识地端起杯子喝了一口，热腾腾的姜茶顺着喉咙滑下，驱散了体内的寒气。秦亦凡满足地吐出口气，向乘务员回道："谢谢。"

"不客气。"长相憨厚的乘务员咧出一个笑容，伸手抬了抬胸前的名牌，"F·J为您服务。"

"海格力斯，过来帮把手。"

推车的另一端涅普顿拿出一箱橙汁，递给F·J。F·J熟练地抽出一根带子，三两下将橙汁绑起来背在背后，嘴里不情愿地嘟囔着："叫我F·J啊，海格力斯听起来太像老古董了。"

"F·J也没多时尚吧。"涅普顿悄悄翻了个白眼。

这趟飞机的工作人员看起来都怪怪的……秦亦凡突然感觉心里发毛，好像有什么重要的东西被遗忘了似的。

就在这时，秦亦凡的眼角忽地闪过一道红光，他下意识地回头，正正看到又是一只火鸟，向着自己的座椅直冲过来！

这个瞬间，他脑中灵光一闪，终于想起了被遗忘的究竟是什么事——那只攻击机长室的火鸟，究竟是从哪里来的？

电光火石之间，F·J突然暴起，将背上的橙汁对着火鸟甩去。"轰"的一声，纸箱被烧成灰烬，满满一箱橙汁兜头浇下，火鸟被瞬间浇灭，空气中布满香甜的橙子味。

不知为何，总觉得那只被橙汁浇灭的火鸟有点……可怜？

秦亦凡摸了摸险些被灼伤的脸，不合时宜地感慨。

然而还没等他的手离开脸颊，又是一声惊呼响起："小心！"

伊休尔，你已经快成报警器了。

秦亦凡已经来不及吐槽，解开安全带，猛然缩到座椅下方。又是一道火光从头顶掠过，涅普顿与F·J掀开推车，掏出迷你版的三叉戟与长剑。两件兵器迎风见涨，瞬间恢复原来的大小。只听"咔咔"几声脆响，闪烁着金色光芒的三叉戟与长剑在空中交汇，牢牢挡住了冲向机长室的火鸟。

"又是这些东西，就没有新鲜的吗？"

涅普顿冷哼一声，三叉戟猛然下压，竟生生将火鸟打了下去。火鸟悲鸣一声，撞破舱底，泯灭在空中。

破破破……破洞了——

秦亦凡惊恐地看着舱底巨大的破洞，空气从洞中蜂拥而入，整个飞机在空中720度旋转，所有人被颠得东倒西歪。刚刚解开安全带的他只能死命扒住前排椅背，却还是被甩得飞了出去。

完蛋了！

秦亦凡绝望地向舱壁撞去，他一定会摔成肉饼的。

就在这时，他腰上忽地一紧，整个身体被一股巨大的力量扯着拉回座位。秦亦凡仓促低头——竟是空辉伸出舌头卷住了他！

"谢谢……"

"不客气。"空辉朝他露出一个怎么看怎么狰狞的笑容，嘴里发出含糊的声音。

"啧，又坏掉了。"巨震之中，涅普顿身形稳如泰山，淡定地将将被吹乱的发型，对F·J道："海格力斯，快补一下。"

"叫我F·J啊。"F·J嘟囔一句，接着，大吼一声，长剑向着舱底空洞插了下去。一股淡淡金光从长剑中浮现，犹如铺开一张大幕，将破洞盖了个严严实实。

颠簸的飞机一下子恢复平稳，秦亦凡被空辉甩到自己的座位上，邻座的少女却似什么都没有发生一样，淡定放下了手中的茶杯。几道亮光从茶杯中闪过，杯中的咖啡竟已凝结成冰，怪不得如此颠簸都没有分毫洒落。

"呕。"伊休尔趴在椅背上不断干呕，整个人显得虚弱无比，似乎瞬间缩水干瘪的样子，"听说每年的入学考试都极其变态，但……但没有想到……会这么变态……呕……"

啊，对，如果不是伊休尔提醒，他险些忘了自己正在进行坑爹的入学考试。秦亦凡甩甩头，竟看到后座那几个西装革履的男人突然站了起来，一把扯开自己的西装，露出内裤外穿的……啊，不，是扎满绷带的身躯。

"木……木乃伊族！"伊休尔的惊叫再次响起，"他们怎么会在这里？"

"木乃伊族？"秦亦凡喃喃重复着这几个字，"是埃及木乃伊吗？"

"呕……我……我晕机……"一直负责答疑解惑的伊休尔同学干呕几声，发出濒死般的喘息。

没时间再问了，几个木乃伊已经飞跃而起，脚踏椅背，向着机长室冲去。涅普顿怒吼一声，三叉戟狂挥，拦在木乃伊身前。

然则双拳难敌四手，饶是涅普顿有三叉戟在手，也无法拦截所有木乃伊。两个木乃伊在众木乃伊的掩护之下跃过涅普顿，向机长室冲去！

"海格力斯！"涅普顿大吼一声，F·J耸耸肩膀，指了指被金光封住的破洞，"忙着呢，抽不开手。马尔斯在里面，不要担心。"

"就是马尔斯，才……"

涅普顿话音未落，已是"砰砰"两声响起，两个木乃伊被一棒打出，副机长姿态潇洒地跃上椅背，手中长矛舞成一片虚影。

"哈哈，不过两个异域小妖，竟敢在我马尔斯面前耍伎俩。"副机长长矛横执，直指两个被打飞的木乃伊。

"哼，你上当了！"两个木乃伊冷哼一声，被绷带缠绕的脸上突然咧开诡异笑容。

"什么？"副机长下意识回头，便听"轰隆"一声巨响，整个飞机猛然一震，一阵浓浓黑烟从机长室涌出。

"吾王早已进入机长室，想必你们藏起来的金苹果，早已进了吾王肚子，成了王复活之路上的调味料。"木乃伊骄傲地昂起头，身上的每一根绷带都散发出"我骄傲"的气息。

"糟糕！"副机长低咒一声，拔腿便向机长室奔去。

"咻咻——"尖锐的破空之声突然响起，无数火鸟从机长室中飞窜而出，一个背负双翼、修长挺拔的身影从机长室中缓步而出。每走一步，身畔似乎都自带玫瑰花开的光影效果。

"这个，是你的同伴吗？"机长丘比特手中拎着一坨焦黑的物体，扔在木乃伊旁边。两个木乃伊瞬间愣住，从熟悉的绷带纹路中辨认出这坨物体的身份。

"王——"木乃伊们抱头痛哭，一时间整个船舱中都是他们嘤嘤哀泣，实在诡异无比。

"既然是你们的同伴就看好他，迷路到机长室是很危险的。幸好遇到我这样善良的神，要是遇上马尔斯那个暴躁的家伙岂不尸骨无存了？"丘比特一开口便将仇恨拉得妥妥的，两个木乃伊立即怒视这个自带华丽光效的家伙。

"够了！""暴躁"的副机长大喝一声，打断丘比特的念叨，手中长矛直指被烧黑的木乃伊。

"你们这群异域之妖，竟妄图偷盗金苹果，就让我战神马尔斯把你们——"

"妖怪，就是错吗？"此时一声幽幽长叹响起，打断了副机长激昂的吼叫。一直坐在秦亦凡邻座的少女以手支额，黝黑眼瞳转向副机长方向。

"什么？"副机长不明所以。

"生而为妖怪，是我们的错吗？出身如何，不是我能选择，为什么你们要如此逼迫！生而为异类，便不容于人世吗？"少女突然暴起，纤细手臂化作坚硬冰晶，一把箍住了……秦亦凡的脖颈。

"你们说，是不是人类的命就比妖怪值钱？那我现在杀了他，你们是不是会被惩罚？"少女勒住秦亦凡的手臂用力，使秦亦凡顿时感到一阵窒息的痛苦。

"我果然猜对了，你是……你是雪女……呕……"伊休尔同学强撑着身体说出一句再次倒回座椅，暂时歇菜。

"雪女？"涅普顿一脚踹开还在嚎哭的木乃伊，看向勒住秦亦凡的少女，"就是岛国传说中，专杀男人的妖怪？"

"哼。"少女冷哼一声，眼中隐现冰晶之色，"世人皆负心，男子多薄情，杀了又怎样？"

"不，不怎么样，咳——"秦亦凡用力扒着少女的手臂，奈何她纤细的肩膀竟如磐石般稳固，根本无法撼动半分。

"负心薄情罪不至死，何况，你要杀人，我……我也不是人啊……"秦亦凡欲哭无泪，他只是无辜路人，为何选择他做目标。

"胡说！"少女冰冷的脸庞在秦亦凡眼中猛然放大，她吐出一口冷气，鼻尖几乎碰到了秦亦凡的脸颊，"你全身都是人类的气息。"

"那……那大概是因为我前十几年都以为自己是人类吧……"秦亦凡努力辩解。

"没用的，月圆之夜，雪女会陷入狂暴，唯有杀死自己面前的男人才能恢复平静。"空辉吐着长长的舌头，双目无神地盯向雪女与秦亦凡……相反的方向。只有动态视力的他，现在也没比瞎子好到哪里去。

月圆之夜？秦亦凡下意识地看向窗外，小小舷窗中，一轮圆月高挂天空。

那月亮映入秦亦凡眼瞳，竟似慢慢变大一般，占据了他的整个视线——圆月！

月——

"吼——"秦亦凡突地仰天长啸，浓密毛发从他的身体中涌出，他的四肢弯曲，身体越变越大，雪白毛发覆盖住全身，两只犬耳从头顶竖立而出。

"月——吼——"突然变身的秦亦凡化作巨大天狗，如同虚幻般穿过机舱，向着空中月亮奔去。巨大的吻部开阖，竟将空中圆月一口吞下！

"天……天狗吞月！"机舱中，伊休尔强忍晕眩发出惊叹叫声。神秘东方真是太神奇了，他新交的朋友竟然是天狗一族，简直酷炫狂霸！

在圆月消失的刹那，秦亦凡化为人形，与箍在天狗颈毛的雪女一同失去意识，从空中跌落。

涅普顿收起三叉戟，从机舱的破洞中飞出，接住了他们。

机舱内，丘比特扇动着翅膀，发出由衷感慨："这一届的新生，似乎都是有故事的人啊。"

"等等，打断一下。"

"嗯？"

F·J挠了挠头，看看还蹲在椅背上的马尔斯副机长，再看看手持弓箭，俨然一副悲天悯人模样的丘比特。

"机长你在这里……那，飞机，是谁在开？"

丘比特与F·J面面相觑，竟无言以对。

仿佛回应他的话一般，下个瞬间，整驾飞机犹如自由落体一般，从万丈高空直直坠落——

"啊！"无数惊叫，湮没在呼啸风中。

妖界高中入学考试的真相——乘坐由不靠谱诸神驾驶的飞机，并在各种劫机与意外事件中存活下来……

看来，秦亦凡多灾多难的高中生涯才刚刚开始。

－ 完 －

饊 绘 / 柳宫燐

繪 绘 / 柳宫燐

总 绘 / 腐狸

Alda

艾尔达

绘 / 腐狸

熊 绘 / 唐卡

彼兄长·此生长

恋文／月下桑

海外有仙山，那山在虚无缥缈间。

景色绮丽，风光独好，名字又应上了诗句中仙山的名字，久而久之，飘渺山变成了世人口中代代相传的仙山。每年总有一些寻仙客慕名而来寻着仙缘，托他们的福，飘渺山下的百姓生活富足，很是安居乐业。

长生的家就在飘渺山下的正阳镇上，他家是镇上唯一一家打铁的，这里居民世世代代使用的菜刀都是他家打的。

铁匠家五代单传，到了长生这一辈更是大起大落，长生的爹娶了屠户的女儿，也就是长生的娘，他们夫妻恩爱，可是有个大问题：没孩子！眼瞅着铁匠家就要绝户了，天无绝人之路，他家遇上了神仙，那神仙吃了长生娘的猪肉，道"善极"，还赠了仙丹给长生娘，然后神仙就显灵啦——五十岁的长生娘老蚌生珠，一口气生了俩儿子！

这便是长生和阿闰了。

长生是兄长，从小生得壮，阿闰则是弟弟，从小生得漂亮，铁匠家一下子得了两个大胖儿子，可是高兴坏了，但是他们却乐极生悲了——漂亮且一脸聪明相的阿闰是个傻子。

两口子喜也喜了，悲也悲了，然后，他们就淡定了。傻儿子也是儿子，带把儿啊！不但带把儿，阿闰长得也忒好了！铁匠家和屠户家几辈子加起来也没生过这么漂亮的娃，家里不缺钱，他们老两口养着就是！若是他们死了，不是还有长生吗？

"长生，你得对你弟弟好，爹娘死了，他这么傻，就只有你了，长生你得照顾你弟一辈子哦！"

在爹娘淳淳的教导下，长生一天天长大了，二十几年下来，他爹娘蹬腿以后，他果然尽职尽责过上了当爹当娘又当哥的生活。

哥儿俩二十五了，爹娘都不在了，小哥儿俩分别继承了爹娘的打铁铺和肉铺。

不过让人意外的是，继承了打铁铺的却是阿闰，别看阿闰长得清俊秀气，他的力气可大了！五岁就能抡起长生爹最大最重的那把打铁锤，力气大也就罢了，他还天生就懂得控火。这里的控火可不是指如何控制炉子里的火，而是控制真正的火！

在小哥儿俩还穿着开裆裤一起玩泥巴的时候，有一天，也不知道怎么了，阿闰的手上忽然冒出了一撮小火苗！

旁边的小伙伴一下子吓跑了，长生也害怕，不过他还是留了下来，小心翼翼地把弟弟手上的火苗拍灭了，他牵着弟弟撒丫子跑回了家。

长生狠狠威胁了见过这件事的小伙伴，吩咐阿闰不要轻易在他人面前"喷火"，这件事便成了长生和阿闰之间的小秘密。

别说，习惯了也就不怕了，冬天冷的时候，去山里玩，想烤个野鸡的时候，阿闰的火别提多好用啦！

再后来，他们就慢慢长大了，阿闰的火也越来越厉害了，他可以极为精准的控火。阿闰的火温度极高，用他的火炼出来的铁胚杂质极少，做成的菜刀又快又好。阿闰的打铁技能没多久就超过他们家的老爹了。

这个就是传说中的神通吧？长生想。

作为正阳派脚下土生土长的居民，长生对于修仙者并不陌生，甚至每年正阳派招弟子他们也是可以报名的。可是修仙者的资质万里挑一，每年能够被选上的孩子太少了，一旦被选上，几年后等他们重新回到镇上的时候，就会有各种神通，放个小水珠啦，吹股小风啦。

懂事以后，长生不只一次这样想过：如果阿闰脑子没问题的话，他一定可以被正阳派选上，成为那高高在上的修仙者吧？

阿闰的火可比那些修了好多年的厉害多了！这可是无师自通呢！

可是阿闰毕竟是个傻子，活到二十五岁，还是干干净净像张白纸，虽然个子高高大大，开口却和五岁大的孩童没什么两样。这样的阿闰如果进了门派，一定会被人欺负的。

于是，小心翼翼的保护着弟弟的秘密，长生兢兢业业的长大了。

长生成了一名好屠夫。

长生擅长养猪，他家的猪都是他和阿闰从山里绑来的正阳大山猪与普通猪杂交出来的。传说正阳大山猪是仙师们吃的猪，从小吃仙露长大的，肉质嫩而香，它们和普通猪杂交出来的民间猪味道也很是不赖。每年长生光是卖猪肉就能养活一家了，何况，阿闰的打铁铺生意比他还好！

阿闰打出来的菜刀，就连正阳派的外门厨子都看中了长生出品的锋利耐用。还有人出大价钱想委托阿闰打大刀，虎视眈眈在一旁卖猪肉的长生听到了，当场就挥舞着菜刀冲了过来，他家是良民，只做菜刀，刀剑无眼，危险品一概不做！

长生继承他姥爷的肉铺就在他家的打铁铺旁边，长生每天一边卖肉，一边看着弟弟，防止他被骗，防止他被人欺负。长生很忙，他爹娘又不在了，没有长辈给他们张罗，长生二十五了还没成亲。终于有一天，正阳镇上的媒婆终于记起来这对兄弟俩，这不，她就上门来说亲了。

临镇卖猪肉的屠夫看上了长生的猪——不！是看上了长生的人，他托媒人来给自己女儿说亲了。

阿闰当时就不高兴了，兄弟俩随即东拉西扯因为各种不知所谓的事情吵了起来。

阿闰留下一句"再也不想看到你了！"，便蹬蹬蹬地跑走了。

长生是想去追弟弟的，可是这婆子说个没完，眼睛又老贼溜溜的往他案上的猪头上瞄。自己要是追出去，估计回头这猪头就没了，这可是他特意留下来给阿闰包猪头肉饺子的！

好说歹说送走了婆子，阿闰还没回来，去他屋里看看，里面的弓箭却是没了。

阿闰八成是上山打山猪去了，这娃心情不好的时候就去打山猪，长生已经习惯了。阿闰虽然心智是个孩子，身手却比普通男人还要厉害，长生决定在家等等他，给他包顿饺子，等阿闰带着山猪回来，吃到饺子，心情就会好了。

于是长生就开始包饺子，他一共包了五屉饺子，阿闰胃口大，一个人就能吃两屉！

包好饺子，长生就在家等着，可是等啊等，天擦黑的时候也没等到阿闰回来，长生就有点着急了。他先是一个人去找，找到天都黑了连阿闰的影子都没见着，这下他急大发了！

整个镇上的人都发动起来帮他找长生。镇子上所有的地方都找过了，十几个年轻力壮的男人还组成队伍和长生一起去山里找，他们最终在半山腰的地方找到了一只鞋子。

是阿闰的鞋子。

阿闰的踪迹明明已经近在眼前，可是所有人都却步了。原因无他，他们不能继续往上走了。

正阳镇这里只有一座山，便是飘渺山。对于世世代代居住在正阳镇上的凡人来说，飘渺山简直就是世上最大的山了，绵绵延延几万里，看不到头，看不到尾。他们祖祖辈辈生活在山脚下，却从来没有登上过山顶，这山是仙山，他们能够涉足的仅仅是山脚下，再往上……就不是凡人可以踏足的地界了……神仙在这里设下了仙法，凡人是进不去的。

"长生，我们只能帮你找到这里了。"镇上的邻居们满脸歉意地说。

拿着弟弟的鞋子，长生整个人都呆掉了。

****

海外有神仙，那仙就在虚无缥缈间。

西起太恒，东至留屋，飘渺山脉高高拔起三千丈，绵延百万里又三尺，乃是浮空界一界仙脉所在，传说飘渺老祖就是在此山间碎空飞升。

飘渺老祖有大神通，在飞升前他一共刺出了两剑，一剑曰"平"，从此，山下的山地变平原，凡间百姓有了更多可耕种的土地；一剑曰"起"，原本一千丈高的飘渺山陡然升高两千丈，生生拔起了整行飘渺山。

以仙人之号为名，从此，这里便成了闻名九界的飘渺山。

如今，距离飘渺老祖飞升已经千年，世间的皇帝也换了不知几多人，而飘渺山的主人，却始终，仍然只有正阳派一个。

正阳派弟子众多，大门派最不缺的就是天才，他们只缺"仙材"，灵气为骨，天生地养的"仙材"千年也不见得能出一个。这样的"仙材"，豪门如正阳，最近一千年也只出了一个——珩阳君。

出身于地上皇室，珩阳君的民间身份已然贵重之极，何况天道厚爱他，不但给了他天生的纯阳体，还给了他最好的天火灵根。这样的"仙材"即使在正阳派也会被爱若至宝，现任老祖见材心喜，当即将珩阳君收为关门弟子。

拥有奢华到犀利的美貌，清冷淡泊的气质，以及常人难以企及的天赋与师门背景，珩阳君满足了人们心里对于"正道仙门"的一切想象。

有些人生来就是要成为传说的，说的便是珩阳君。

自古师傅爱幺徒，珩阳君被师傅赐住在飘渺山主峰以外海拔最高、风景最好的山头。如今珩阳君成了此间主人，它便被称为珩阳峰了。

珩阳君喜红，花中最爱一年四季常红的凌霄花，于是为了迎合他的喜好，珩阳峰上被种了漫山遍野的凌霄花。经过百年的繁衍生长，如今的珩阳峰已成了一座火红的山峰，远远看去就像着了火似的，日出的时候在阳光的照射下，宛如凤凰涅槃，美不胜收。

坐拥如此美丽的景色，珩阳君却无暇欣赏。

独坐静室中，双眸轻闭，似醒非醒，珩阳君已在此间闭关二十五年了。

终于，某个日出如凌霄花般红似火的清晨，那双狭长的丹凤眼睁开了。

珩阳君醒来了——

只在四周稍作打量，他的脸色随即一沉：这是哪里？谁把他从闭关的静室里弄出来了？正阳派出事了？

几个问题接连出现在他的脑子里，他心中不解，面上却不显，习惯性地想要捏个清尘咒，怎么都没反应的时候，他才意识到事情似乎没那么简单。

就在珩阳君呆站在原地遍生狐疑的时候，远远地走来三个穿着奇装异服的人，手里拿着武器，却是朝他直直跑了过来！

从小生活在民间的皇宫，五岁就被正阳老祖看上带回了飘渺山，珩阳君完全不知尘世间凡人是怎样打扮的，此刻出现在他面前的，却是正阳镇上的三位砍柴人。

"阿闰啊，你怎么在这里啊？"

"阿闰你怎么鼻青脸肿的？"

"阿闰你是从山上摔下来了吗？"

从出生到现在，珩阳君从来没有被三位彪形大汉团团围住过，身上有汗臭也就罢了，有一个还有口臭！

珩阳君脸色铁青，当即就想把对方挥开，谁知那三个大汉竟然齐齐把他架了起来！

"小阿闰，俺们知道你力气大，不和你比力气。"有口臭的那位刚好就在他脑袋上面。有口臭就算了，这家伙还爱说话！珩阳君觉得自己快要被熏晕过去了。

"和你哥闹别扭也别跑这么远啊？好几天都找不着你，你哥快要急死啦！这两天发了疯似的要上山寻你呐！"

"可不是？山上那是什么地方？那是神仙待的地方啊！你哥上去了还下的来不？咱们镇还指着你们家的菜刀和猪肉呢！"

三个汉子七嘴八舌地说了一大通珩阳君完全听不懂的话，然后硬是架着他送下山去了。

珩阳君挣扎了几下，非但没能挣开，对方反而把他桎梏得更紧了。

珩阳君心下的疑问于是更甚，没有再继续无用地抵抗，他任由对方带他下山。

那三个人是沿着镇上的大道走的，一边走一边吆喝，没多久，镇上的人全都知道阿闰回来了。他们用自己的方式和他打着招呼：

"哟！阿闰你回来啦？"

"是不是肚皮饿了所以回来的？"

"快回去吧，你哥快担心死了。"

居然有这么多人认识他！三百年前，他在凡间的时候小名确实是阿闰来着，可是这么多年过去了，自己都快忘记了，怎么……怎么如今却有这么多人知道？

珩阳君越发觉得云里雾里了。

他开始觉得自己搞不好是在度心劫了。

想到这里，珩阳君心念一转，他开始好好观察起周遭的人物事来：

飘渺山上的修仙者多半穿着统一制式的弟子服，款式一样，颜色也一样，这里却截然不同：走在路上，迎面走来的人穿着五彩缤纷的衣裳，看着有些眼晕；街上有各式各样的铺子，每个铺子都飘出来不一样的声音和味道，人们热络地说着话，侃着价，甚至偶尔还有人在吵架，这里的屋檐是那么矮，黑扑扑的，瓦楞缝隙里还长着没人理会的小草。

街头巷尾到处弥漫着柴火的味道，以及让人肚子叽里咕噜响个不停的奇异香味。

"肚子饿了吧？回去让你哥给你烧饭吃。"

"兄弟哪有隔夜仇，给你哥赔个不是就可以了嘛。"

那些汉子显然也听到了珩阳君肚子咕咕叫的声音，他们只是爽朗一笑，珩阳君却是愣了愣：五岁起就再没进过人间烟火，他却是早已忘掉了肚子饿会咕咕叫这种事。

维持着一副若有所思的冷清面孔，珩阳君被三个汉子继续架进了一个小院子里。

这院子好生眼熟——珩阳君暗自心惊了一下，只听一位汉子又吼了一嗓子：

"长生你快等等，我们找到阿闰啦！"

顺着对方招呼的方向望过去，珩阳君终于见到了三人口中的长生：不高不矮不胖不瘦不丑不美，长生只是个非常一般的男子。

可是，就是这样普通的一介凡人男子，对上对方眼眸的一瞬间，珩阳君便发觉自己的视线再也移不开了！

"长生——"他听到自己忽然喊出了这两个字。

然后，他整个人就像不听使唤了一样，轻而易举摆脱了三个大汉的桎梏，整个人跑到那男子面前，然后——

挨了一巴掌！

"阿闰！这几天你到底死哪里去了！"那男子的动作怎生猛！五指张开成掌，对着珩阳君噼里啪啦一顿猛揍，饶是珩阳君不疼，一时间也被这接连不断的暴行打傻了眼。

男子一边打，一边把珩阳君从头到脚细细查看了一遍，确认珩阳君身上没有其他伤口，男子方才松了口气似的放开了他。

那男子离开了，珩阳君却发现自己的视线不受控制地黏上了对方的背影，他看着那男子走进后厨，半晌后扛了半头猪出来，将那猪直直塞到三个汉子的手中，男子千恩万谢地送三人出去了。

将门关好，转身重新对上珩阳君视线的时候，那男子眼圈忽然一红，从大门处跑过来，一把搂过珩阳君，他竟是哭了。

温热的泪水顺着自己的脖颈淌进领口的瞬间，珩阳君浑身都僵硬了。

他从未见过情绪如此变化多端的人。一会儿打，一会儿骂，一会儿却是搂着人哭。没说一句好话，那人的泪水接触到自己肌肤的瞬间，珩阳君整个人都发毛了，身体反射性地想要捏个诀将对方震出去，谁知这个念头刚动便被压了下来，压他的不是别人，却是他自己。

珩阳君终于惊到了！

长生的泪水来得快收得也快，抹了一把脸，很快他的脸上除了眼圈还有点微红以外，便再也看不出哭过的痕迹了。

"你这衣裳都脏了，去里屋拿套新衣裳换了吧。"掸了掸"弟弟"的肩膀，看到上面明显一滩泪痕的时候，长生的脸微微一红，发觉"弟弟"还在看自己，长生不由得推了他一把："愣着干啥？连自己房间都忘啦？"

说罢，长生又推了还在呆愣不动的"弟弟"一把，直到把他推进了里屋，这才带上门离开。

猪头肉还没坏，趁阿闰换衣裳的当儿，他得给阿闰包饺子去！

这厢，长生劲头十足地剁馅儿包饺子去了；那厢，珩阳君却是在房间里愣了一下：

这是一间极为简陋的男子的房间——他微微挑了一下眉毛，虽然珩阳君的表情没有太大变化，可是熟悉他的人都知道，这便是他惊讶到一定程度的表现了。

让珩阳君惊讶的自然不是这房间的简陋。

作为一心向道的修者，珩阳君自己的静室比这里奢华不了多少，震惊到一向波澜不惊的珩阳君的，乃是这房间的布局。

好生熟悉——

明明是凡间一名普通男子的房间，可是布局竟然和自己居住了百年多的静室一模一样，看到这房间的瞬间，珩阳君赫然有种回到了飘渺峰上自己修室的感觉！

有古怪。

没有蒲团，珩阳君便盘坐在炕上，他开始静静回忆起闭关前的事情来。

此次闭关乃是为了冲击元婴。

修为已到，差的只是一点境界，自家事自家知，对于自己的修为珩阳君非常自信，道心坚定，也没有任何心魔，按照他的预计，自己闭关结束的时候，应当已经成功结婴了。谁知——

闭目内视，珩阳君在自己体内检查了半天，愣是没有检查到元婴这东西的存在。

别提元婴了，连金丹都没有！体内一点修为都没有了！现在的他居然仅仅是个凡人了！

泰山崩于眼前也面不改色的珩阳君脸色终于微变了。

眼尖地瞥到桌上摆着的镜子，珩阳君生平第一次如此迫切地照镜子！看清镜中人的瞬间，珩阳君脸上的表情终于崩溃——

这个人……虽然和他长得很像，可是根本不是他！

这不是自己的身体！

心下一震，珩阳君当时就要起身，就在这个时候，那个叫长生的男子却端了个盘子进来了。

看到那男子的刹那，珩阳君惊慌失措的心一下子安定了下来。

奇异的感觉又来了，他管不住自己的步伐，任由自己向那长生走去，直到站定在那人身前。

"饺子好了，是你前阵子想吃的猪头肉饺子。放心，猪头一点没给别人，全给你留着呐！足足包了五屉，你先吃这盘子里的，外面还有，要吃的话随时给你下……"

男子絮絮叨叨说着话，语气是显而易见的亲近，一边说他还一边拨拉着盘子里的饺子，小心翼翼不让饺子黏在一起。半晌，看到珩阳君还没有反应，他便主动给他夹了一个。

"阿闰，吃。"

刚刚明明很凶，对自己又打又骂的男子，此时的语气却是纯然的温软。

珩阳君觉得自己的眼睛一下子温热起来，半晌竟是有什么东西"噗通"掉到醋碗里去了。

"阿闰，你怎么哭啦？"

听到男子的话，珩阳君这才意识到自己此时的反应竟是哭泣！

"还在想着之前的事儿？你放心，阿闰不喜欢的话，哥哥就不成亲。那家杀猪的看上的是咱家的猪，才不是咱的人。"

看着男子嘴唇一开一合，珩阳君的眼泪还在"噗通噗通"地落。

面对这样的珩阳君，长生有点手忙脚错起来，绞尽脑汁地想着可以让弟弟高兴的话题，他从里间抱了一个小包裹出来。

"前儿个你不是一直打滚求我给你缝件红衣裳吗？哪有大老爷们儿穿红的？又不是新郎……"男子嘴里嘟囔着，半晌展开了那个小包袱，露出里面燃烧一般的一抹红："再两天不就是你的二十五岁生辰吗？真拿你没办法，这是你的生辰礼物啦！"

嘴里虽然说得有点不耐烦，不过小心翼翼把衣裳展开给珩阳君看的时候，男子脸上还是露出了献宝般的羞涩。

"……"嘴里说不出话来，珩阳君只觉眼圈越来越热，身子往前倾着，下一秒，他竟是把那男子抱住了。

"哥……哥……"

至此，珩阳君总算明白了一件事：事情的根源，全在眼前这个叫长生的男子身上。

珩阳君不明白自己是怎么变成长生的弟弟阿闰的，可是，此时心中对长生的亲近与熟稔做不得假，几次三番由于对方的亲密之举带来的胸口钝痛更是痛彻心扉。

珩阳君竟是一点也不急了，相反，他此时心情很平静。修仙者寿命漫长，凡人的一生对他来讲也就一次闭关的时间罢了，他倒要看看，自己此番经历到底所为何因。

珩阳君开始平静地享受着作为"阿闰"的生活。

早饭是白粥大饼配咸菜，家里的母鸡若是下了蛋，长生就会额外煮个蛋给他吃。

珩阳君感觉"阿闰"是喜欢吃蛋黄的，可是心疼哥哥总把鸡蛋让给自己，"阿闰"

便耍赖说自己讨厌蛋黄的腥气，然后喜滋滋看哥哥无奈地自他碗里把蛋黄夹去，放到自个儿碗里慢慢吃。

吃完饭，长生就会带着"阿闰"去上工，哥儿俩的铺子一左一右，长生卖猪肉，"阿闰"就在里间闷头打铁。

珩阳君觉得自己既是阿闰又不是阿闰，他的意识是这具身体当前的主宰。此刻，静静看着长生做事，时而低头磨刀的人是他自己，他会挑剔手中刀具的粗糙，会用自己多年炼器的经验对它加以改进。然而另一方面，他又感觉阿闰就在他身体里，阿闰的心思就像心思最纯净的孩子，谁真心对他好，他就喜欢谁。这个世间，阿闰最喜欢的人便是兄长长生了。他们是真正的同胞兄弟，从娘亲的肚子里便一直在一起，父母相继离世之后，他们便相依为命。

亲缘单薄，生性冷清，珩阳君完全无法承受来自阿闰的感情。眷恋，依赖，喜爱，以及深刻的悔意与心痛！

珩阳君以前从不知道人的感情竟可以如此丰沛，这么多的情感太沉重，每次见到长生，他的心就会更痛一分，然而偏偏忍不住去想去看，生怕错过一眼，以后便再也不见似的。

珩阳君善炼器，在他的手下，一团铁胚缓缓融化—精炼—融化—再成型。珩阳君控火，阿闰塑形，审慎的视线直直盯着火中不断扭曲的铁胚，看到它最终形状的时候，珩阳君忽然了然了。

那是一把菜刀。

珩阳君立刻想到了长生现在用的那把已经有些豁口了的菜刀。

这是阿闰想要送给长生的菜刀。

六月十五那天，是兄弟俩的生日。那一天，"阿闰"穿上了兄长前两天送他的红衣裳，长生准备了一桌好菜，张罗了两碗长寿面，是了，他们俩还喝了点小酒。

陪长生吃面的人是阿闰，陪长生喝酒的人却是珩阳君。

这对双生子的酒量都不好，阿闰和长生双双醉了，之后珩阳君，像是第一次发现了凡酒的好喝，他一杯一杯饮着，面如冠玉的脸颊上染了薄薄一层红润。

"那天，我说了再也不见到哥哥的话，长生会讨厌阿闰吗？"然后，闷着头，阿闰终于开了口。即使个子高高已经远远超过了哥哥，可阿闰的心智还是个孩子，语气也像个孩子。

"怎么会？"长生挑了挑眉毛，"我要照顾阿闰一辈子的，怎么会讨厌你呢？而且那是气话不是吗？"

"嗯，是气话的。"阿闰便用力点了点头，"那……"

"长生，我们和好吧？"露出一抹讨好的笑容，阿闰小心翼翼朝长生的脸上看去。

然后，他便惊喜的在长生脸上看到了一抹欣喜的笑容。

那一瞬间，阿闰和珩阳君的心里被爆炸般的喜悦塞满了，羞涩的把精心打造的菜刀作为礼物交给了长生，阿闰便一直看着长生。

一直看，一直看，怎么都看不够似的。

灼热感自阿闰的丹田熊熊升起，饶是珩阳君都被阿闰此时全身的温度惊到了——阿闰在燃烧！

长生也吓到了，珩阳君看到长生露出惊恐的表情，他想要靠近自己，然而阿闰却不给他接近的机会。

轻轻向后退了一步，阿闰最后看了一眼哥哥，纵身一跃，阿闰变成了一头通体燃烧的巨大火凤凰。

****

在山下的凡人眼里，山上的修仙者就是传说；而在山上的修仙者眼里，珩阳君才是真正的传说。

珩阳君出关那天，整座飘渺山霞光遍布，半面天空就像着了火似的，赤红的火烧云中，有几千人亲见一头巨大的火凤凰自云里跃出，在空中盘旋片刻，稍后竟是直直飞入珩阳君当时闭关的山室中去了。

那一天，珩阳君以三百年之龄，圆满化出元婴了。

在同龄人或者死亡，或者还挣扎向往着筑基的时候，珩阳君已经可以被称为真人了。他也是正阳派有史以来结婴年龄最轻的修士。

然而，除了正阳老祖，整个正阳派却再无人知道：其实珩阳君早在二十五年前便结婴了。

结了婴，却又失去了元婴。

修仙乃是逆天而为的事情，修为每向上前进一个等级，天命给他的考验也就更加艰难一分。那一天，珩阳君自身的时机修为其实已经超过元婴了，甚至已经将将踏上出窍的界限了。他虽然是按部就班冲击元婴期，可是所经受的劫难却是下一个阶段"出窍期"应当接受的考验。

那一天，珩阳君吸引过来的灵气实在太磅礴了，他体内的天火灵根与天上的金乌火遥相呼应，竟是化成了一头火凤凰！

那凤凰最后一头扎进珩阳君的丹田，最终竟成了珩阳君的元婴！

徒弟冲击元婴的关键时期，正阳老祖是在一旁护关的，虽然身在静室之外，可是对于静室之内的一举一动，他是相当清楚的。发现那头火凤凰儿的时候，他立刻意识到大事不妙，然而等他强行冲进静室的时候还是晚了，珩阳君已经晕了，和他一起躺在地上的还有——

一枚蛋。

那蛋宛如丸状，通体就像一团火一样，仔细看去，这竟是珩阳君的元婴！

"这……这……这可咋办哩？"激动之下，正阳老祖连自己的老家土话都说出来了。

他急忙仔细检查了一下徒弟，然后又检查了一下蛋一样的徒弟元婴。然后得出了一个结论：徒弟没事！可是，马上就要有事了！

珩阳君之所以被称为千年难得一见的修炼奇才，最大的原因是因为他天生的纯阳体，对于男修来说，这可是千年难得一见的好体质。人道修仙难修，最大的原因便是体质不好，灵根杂质太多影响灵气吸收，这才是世人难以修仙的主要原因。

而纯阳体质的人体内就像有一朵绝世天火一般，自出生起就燃烧着他体内的杂质，不断燃烧——精炼——再精炼，这样的人体内最终剩下的只有最纯净剔透的天灵根，整个世界上的灵气对他来说是敞开的，想怎么吸收就怎么吸收，怎能修行不快？

实际上，珩阳君二百年才结婴，这还是正阳老祖担心他道心不稳，强行压制他修为的结果。

可惜，谁知道珩阳君结个婴居然引来了天火灵物呢？

珩阳君已经够热的了，火凤凰比他还热！两个热气腾腾的家伙凑到一起，珩阳君的身体竟是负荷不了了，偏偏那时候火凤凰已经化成他自身的元婴了，于是——

元婴就被身体弹出来了。

没有元婴的元婴期大能……珩阳君这也算是头一份了。

可是……眼前怎么办啊？元婴肯定不能放到徒弟体内去——徒弟该被烧死了；可是也不能让这元婴自己在外面待着，它要一直这样也就算了，关键是它还在烧啊！

让它继续这样烧下去，自己的正阳派烧完了咋办哩？（土话又出来了）

得找个保管的地儿——正阳老祖当机立断。

他前前后后给这枚蛋一样的元婴换了好几个地儿，无论是丹堂老祖的丹炉，还是器堂老祖的火炉……甚至最后连内门弟子的灶火台都试过了，结果统统只有一个——裂了。

裂的当然不是那颗蛋，而是盛它的倒霉鬼。

得罪了一群人，正阳老祖最后愁眉苦脸地继续想办法去了。就在这个时候，他在山下遇到了一位妇人。

正在发愁，那妇人叫住了他，热情地叫他进店来喝酒吃猪肉，反正也是闲着，正阳老祖就当真进去喝酒吃肉了。那妇人也是自来熟的爽利性子，旁的客人和她都挺熟的。正阳老祖一边吃肉，一边听他们闲聊，然后他就听到这妇人的愁心事了：那妇人忧愁着自己怀不上孩子，有几次怀上了，却不知不觉滑掉了。

也是该着了。

平时正阳老祖那里会理会凡间一个小妇人生不生孩子的事情，那时候他却不知道是哪根筋没摆正，他当真去看了，修仙者的看可不是凡人用眼睛去看人的外表，而是更加深入的。

正阳老祖看到了这妇人体内的灵气。

然后他就瞪大了眼睛。

这女子体内孕育的竟是一团极为纯净的阴气！

她并非怀不上孩子，而是怀上了极为罕见的纯阴体的胎儿！

说到纯阴体，这里不得不感慨一下。这体质可比珩阳君的纯阳体更罕见，一万年都不见得出一个。不过这种罕见不是因为它珍贵稀奇，而是这体质太难生！

世间的婴孩都为女子孕育，女子本就属阴，怀有纯阴体胎儿的孕妇是很难将纯阴体的胎儿诞下的。表现出来的症状，就是不停地滑胎。即使侥幸生下来，多半也会要了母体的命。

这妇人多年来的遭遇，却正是合了纯阴体胎儿的症状！

正阳老祖当即就想起了让自己困扰不已的那颗蛋。

元婴说到底还是应该放在人体内的，眼前珩阳君昏迷不醒，无法负荷他的元婴，此时找个人代替他将元婴存放体内才是最好的主意。

眼前这个怀有纯阴体胎儿的孕妇，就是最好的人选！

将纯阳属性的元婴存放在她体内，恰好可以平衡她体内的环境，帮助她将体内胎儿顺利产下。是件大功德不说，还正好给徒弟的元婴暂时找到了去处。

说办就办，正阳老祖当场就夸奖了妇人的猪肉好吃，然后留了一枚仙丹置于桌上，随即便施术仙去也。

这妇人就是当年遇到仙长的长生他娘了。

再然后，长生和阿闰一起被他娘生了下来。长生自然是那差点死于母体的胎儿，而阿闰却是让正阳老祖头疼了很久的珩阳君元婴了。

阿闰乃是天地灵气孕育而成，年纪尚幼，灵智未开，这才有了阿闰是个傻子的传闻。一个纯阴，一个至阳，两者相辅相成，天作地和。

经年累月陪伴在长生身边，阿闰身上最后一丝暴戾火气被安抚了，静室里的珩阳君要醒来了。

阿闰不得不重新回到本体之中。

作为元婴，阿闰的意识其实并不清醒，可他隐隐约约知道这一去，自己就再也回不来了。

阿闰再也见不到长生了。

因此，在回去之前，他有无论如何想做的事情。

不想与哥哥的分离以那样一句气话告终，阿闰他想回到长生身边。

他有无论如何想要最后留给长生的东西。

强烈的意志之下，原本已经和本体开始融化的，属于阿闰的灵魂带着珩阳君的意识，一同赶回了故乡。

幽暗的静室中，蒲团上的清冷男子缓缓睁开了双眼。

蒲团前，花开百年方败落的缘生花已经枯萎了。

结婴之后，为了适应体内暴烈的能量，珩阳君来不及出关便迅速进入了第二次闭关。

在他浑然忘我的闭关中，人世间已过去了百年。

凡间那人……应是已经不在了。

一行清泪自他眼角缓缓滑下——

****

珩阳君这次出关后大变样了！

首先，他不再埋头苦修，修士们偶尔会在山脚下的镇上看到他的身影，对于凡间他似乎很感兴趣，珩阳君经常拎一壶酒回来独酌。

其次，之前喜欢铸剑的珩阳君不太铸剑了，他……他开始铸菜刀了！铸了菜刀也不给人，珩阳君珍藏的菜刀让无数名厨跃跃欲试。

珩阳君提出了以菜换刀的条件，他只点一道菜，做得出他喜欢味道的厨子便可自行挑选菜刀一把。

一言既出，天下名厨蜂拥而至，正阳派的厨下趁机搜罗了不少神厨，然而他们中却没有一人能够得到珩阳君珍藏的菜刀。

直到某天一个普通的正阳派外门弟子出现。

没有翻开珩阳君的点单条，他自行端着一盘热气腾腾的饺子送了上去，然后，他就被珩阳君召见了。

那人不高不矮不胖不瘦不丑不美，属于扔进人群里就认不出的普通人一个，可是，就是这样一个普通人，珩阳君见到他的瞬间，却眼睛眨都不眨了。

"说好了要照顾阿闰一辈子的，既然阿闰的一辈子这么长，我也只好想方设法活了下来。"那人说得爽朗，一笑一口白牙，穿着正阳派外门弟子的制服，身上勉强也有了将将筑基的修为，然而他虽看起来年轻，可是两鬓却白了，显然修行对他来讲大不易。

"长生……"缓缓的，那个熟悉却陌生的名字艰难的自珩阳君唇边摩挲而出，然后，说不清是属于阿闰抑或珩阳君的眼泪，便自珩阳君的另一侧腮边潸然而下。

– 完 –

鹅 绘 / 当雨作金泽

绘 / 撸君 kazekaoru

绘绘 / 源雪

不能生同衾
但求死同穴

鹞 绘 / ENO.

与其相忘于江湖

不如相濡以沫

半晌贪欢

绘 / ENO。

须臾与永恒

爱护你是我一生的使命

绘 / ENO.

铃

绘 | 桀桀

啃啃啃！

……

汪呜！

吃吃!

摇晃

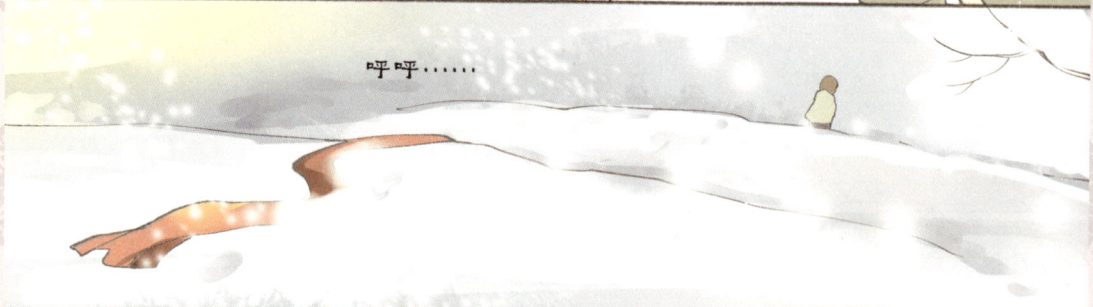

呼呼……

汪！

舔舔！

铃……

铃……

铃铃……

铃铃……

铃……

十二岁那年，从小失聪的我，第
一次听到了声音。

清脆的铃音，如同那白发男人一样，
成为童年最美的梦……

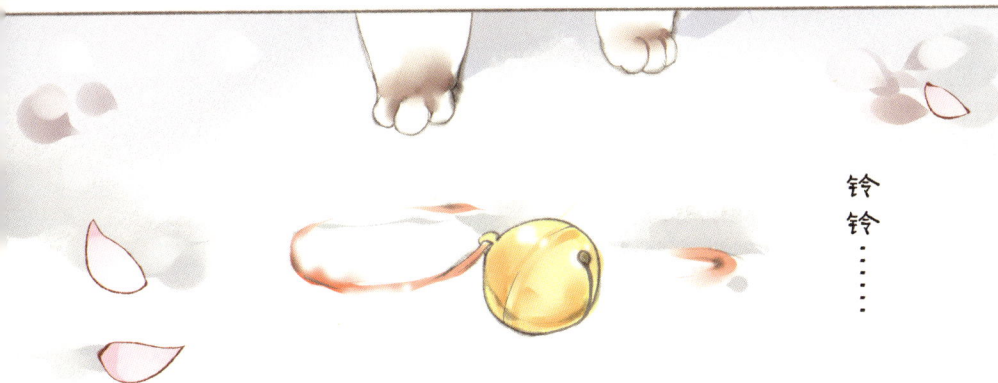

铃……

铃铃……

END

图书在版编目（CIP）数据

幻想吧！男神 / 青罗扇子等编著 . —北京：世界知识出版社，
2015.2

（少年绘系列主题书）

ISBN 978-7-5012-4860-5

Ⅰ. ①幻… Ⅱ. ①青… Ⅲ. ①短篇小说—小说集—中国—当代
Ⅳ. ① I247.7

中国版本图书馆 CIP 数据核字 (2015) 第 031091 号

书　　名	幻想吧！男神
	Huanxiang Ba！Nanshen
编　　著	青罗扇子　天籁纸鸢　李惟七　ENO. 等
赠品绘制	ENO. 等
出 品 人	赵 雷
总 策 划	紫 总　青罗扇子
执　　行	闫 迪
设计制作	刘 萍
责任编辑	余 岚
责任出版	刘 喆
责任校对	张 琨
出版发行	世界知识出版社
地址邮编	北京市东城区干面胡同51号（100010）
网　　址	www.wap1934.com
经　　销	新华书店
印　　刷	北京中科印刷有限公司
开本印张	710X1000毫米　1/16　11.5印张
字　　数	160千字
版次印次	2015年3月第一版　2015年3月第一次印刷
标准书号	ISBN 978-7-5012-4860-5
定　　价	38.00元